사에 슈이치 지음

안지나 옮김

돌봄 —— 살인

KB020224

목차

제

1

장

1

여든세 살이던 어머니가 살해당한 날 아침, 모리모토 요시오는 휴일을 맞아 조깅을 하고 있었다. 장마가 끝나고 태양이 쨍하게 내리쬐는 아침이었다. 일본 열도 중간을 뒤덮었던 음울한 비구름은 북쪽으로 물러나고, 한여름의 푸르른 하늘이 펼쳐졌다. 끈질기게 내리던 비에 흠뻑 젖은 신축 단독 주택들의 지붕이 다채로운 색으로 반짝였고, 주택가를 둘러싼 구릉의 잡목림과 정원수의 녹음은 한층 눈부셨다.

모리모토 요시오는 근육질 몸으로, 멀리서 보면 실제 나이보다 젊어 보였다. 흰 선이 들어간 어두운 남색 운동복을 입고 경쾌하게 주택가를 달리던 그의 모습을, 그날도 주부 몇 명이 목격했다.

"……네, 그래요. 텔레비전 화면의 시간을 보고 있었어서 기억해요. 7시 40분이었죠." 옆집 젊은 주부가 이야기했다.

"문득 부엌 창을 봤는데 모리모토 씨가 평소처럼
　저 고개를 달려 내려오던 참이었어요. 일요일 아침에
　날씨가 좋으면, 보통은 좀 더 늦은 시간에 달리셨어요.
　토요일 아침에도 가끔 보였고요. 오늘 아침에는
　학교에 가고 있던 교복 차림의 따님과 고개 중간에서

마주치셨는데, 이쪽까지 소리가 들리지는 않았지만, 뭔가
두세 마디 서로 주고받고는 손을 마주 흔들고 있었죠.
그 전날 밤은 천둥도 치고 비가 엄청 쏟아졌는데
그게 거짓말처럼 맑아져 한여름 빛이 반짝였으니,
두 사람의 모습이 한층 싱그러워 부럽다고 생각하며
보고 있었죠……. 그런데 형사님, 그 시간에 모리모토 씨
댁에서 그런 무서운 일이 일어나고 있었다니요……."

또 다른 이웃의 중년 주부는 취재 중인 신문기자에게 이렇게 말
했다.

　"부러운 가족이었죠. 돌아가신 할머니는 누워만 계시는
　모양이라 요즘에는 통 보지 못했지만, 할아버지는
　그 나이에도 정정하셔서 할머니 간병을 전담하시는
　것 같았어요. 노부부가 사이가 좋으셔서 할머니가
　건강하셨을 때는, 그때도 연세가 있으셔서 눈이
　안 좋으시고 할아버지도 귀가 불편하셨지만, 두 분이서
　이인삼각하듯 서로 도와 가며 지팡이를 짚고 사이좋게
　산책도 하셨답니다. 며느리도 훌륭한 분이라 두 분을
　잘 돌봐 주셨고요. 남의 집안 속사정까지는 잘 모르지만,
　동거하면서도 시부모와 다투지도 않는 모양이었고요.
　우리 집은 어머님이 돌아가신 뒤 아버님이 갑자기 노망이
　나신 바람에 입원시키고 겨우 한 시름 놓았지만, 역시

서로 아웅다웅하더라도 모리모토 씨 댁처럼 같이 사는 게 노인에게는 가장 행복한 일이죠. 모리모토 씨 댁은 노부부가 별채에서 지내셨는데, 뭐더라, 왜 그런 말 있잖아요. 노인과의 동거는 '수프가 식지 않는 거리'가 이상적이라고. 요전에노 슈퍼에 가는 그 댁 할아버지와 길에서 마주쳤는데, '아들 집에서 장수하고 죽을 수 있으니 우리는 행운아'라고 하셨거든요. 그런데 그 할아버지가 자기 손으로 할머니를 죽였다니……. 그것도 목을 졸랐다면서요? ……왜죠? 믿을 수가 없어요. 아뇨, 믿고 싶지 않아요."

사건이 있던 날 기상청은 예년보다 이틀 빨리 관동지방*의 장마가 끝났음을 선언했다. 이튿날인 7월 15일 일요일 가나가와 신문은 해수욕 손님으로 붐비는 쇼난해안의 사진을 실은 사회면 톱에 5단짜리 기사로 다음과 같이 사건을 대서특필했다.

　14일 오전 10시 20분 무렵, 요코하마시 도즈카구 난고다이뉴타운 2번지 439**, 회사원 모리모토 요시오 씨(51세)가 "자리보전하고 있는 어머니가 돌아가신 걸

아버지가 발견하셨는데, 상태가 이상하다"고 도즈카 서에
신고했다.

서에서 조사한 바에 따르면, 별채 병상에서 요시오 씨의
어머니 다츠 씨(83세)가 오른쪽 귀에 피를 흘리며 사망한
상태였다. 양 눈에 혈점(血点)이 있는 등 의심스러운
점이 많아, 서에서 사법 해부를 행했다. 같은 날 점심이
지나 요시오 씨 부부가 아버지 료사쿠(87세)를 힐문하니
료사쿠가 자기 얼굴을 가리키고 울음을 터뜨려 가족이
다시 서에 연락했다. 서의 직원이 료사쿠를 임의 동행하여
추궁한 바, 범행을 인정함에 따라 그날 밤 체포했다.

고백에 따르면 피의자 료사쿠는 13일 오후 10시 무렵
자택 별채의 3평짜리 방에서 잠자고 있던 아내 다츠 씨가
"몸이 가렵다." 하며 보채 다츠 씨의 몸을 긁어 주고
있었다. 그러나 다츠 씨가 더욱 발버둥 쳐 그녀의 손발을
잡아 누르다가 손으로 목을 졸랐다고 한다.

그 뒤, 같은 이부자리에서 아침까지 잠이 들었지만 14일
오전 6시경 다츠 씨가 싸늘한 것을 깨닫고 같은 날 7시 반
며느리 리츠코 씨에게 알렸다.

료사쿠 씨 부부와 요시오 씨 부부는 각각 같은 대지의

본채와 별채에 거주하고 있었으며, 사건 당일 밤
요시오 씨는 회사에서 야근을 하고 오전 2시가 지나
귀가했으므로 범행 시각에는 부재중이었다.

모리모토 씨 일가는 5년 전 집을 짓고 도쿄에서
이주했으며 그때 부모인 료사쿠 씨 부부를 고향인
군마현에서 모셔 와 별채에서 동거했다. 이 뉴타운은
신흥 주택가로 주변에는 잡목림이 우거진 구릉이 있고
논밭도 점점이 남아 있어, 농촌이었던 흔적이 아직 짙은
지역이다.

다츠 씨는 작년부터 거의 자리에서 일어나지 못했으므로,
서에서는 료사쿠가 다츠 씨의 몸을 짓누르다가 간병
피로와 나이 등을 생각하고 발작적으로 목을 조른 것으로
보고 있다. 료사쿠는 고령으로 귀가 잘 안 들리는 데다가
사건 후에는 치매 증상이 심하여 취조 담당관에게 "죽고
싶어, 죽고 싶다." 하고 꼬이는 혀로 반복하고 있다고
한다.

2

사건 당일 14일 오전 10시 20분에 신고를 받고, 도즈카 서 형사계 제1과 다가미 경위 일행은 서둘러 현장으로 출동했다. 토요일 오전의 주택가는 막 장마가 끝나 훌쩍 솟은 태양이 지글지글 끓어 적막했다. 새로 지어진 세련된 주택이 늘어서 있는 완만한 언덕배기에는 포플러 가로수 잎이 바람에 흔들렸다. 구릉 잡목림에서는 풍향계가 한낮의 빛과 바람을 쐬어 신이 난 듯 높은 목소리로 지저귀고 있었다. 선두에 선 경찰차가 사이렌을 울리며 좌회전하자 세 블록 정도 떨어진 곳에서 폭이 5미터 정도 되는 동쪽 도로와 남쪽 도로가 교차하는 곳이 나왔다. 바로 그곳에 모리모토 씨의 집이 있었다.

서쪽으로 기울어진 주택가는 동쪽의 고지대까지 주택이 늘어서 있었다. 모리모토 씨의 집은 옅은 크림색 모르타르*로 지은 이층집으로 근처보다 부지가 배는 넓어 여유로운 인상이었다. 아직 내 집 마련을 못하고 저렴한 임대 아파트 단지에 사는 다가미 형사가 보기에는 부러운 환경이었다.

---

* mortar, 시멘트와 모래를 물로 섞은 것.

모리모토 씨의 집도 쥐 죽은 듯 조용했다. 하지만 경찰차에서 먼저 내린 젊은 경찰관이 대문 기둥에 설치된 인터폰 버저를 누르지도 않고 바로 문을 열려고 하자 개가 짖었다. 빈 차고 옆에 개집이 있었는데, 목줄에 묶인 흰 개가 짖고 있었다. 중형 일본 개였지만 순종은 아니었다. 개를 좋아하는 다가미 형사가 "괜찮아, 괜찮아." 하고 말을 걸었지만 낯선 남자들의 등장에 흥분한 개는 더욱 맹렬하게 짖어 댔다. 그때 현관문이 살짝 열리더니 남자의 얼굴이 보였다.

"수고하십니다. 번거롭게 해 드려 죄송합니다."

현관으로 나온 남자는 근처에 들리지 않도록 작은 목소리로 그렇게 말하고 개를 진정시켰다.

"모리모토 요시오 씨군요."

다가미 형사가 질문하자 그는 그렇다며 충혈된 눈을 내리깔았다. 귓가의 머리카락에는 백발이 섞여 있었다. 숱이 적은 앞머리는 흐트러져 있었고, 지친 얼굴은 흙빛이었다.

　　문 옆에는 꽃꽂이를 가르친다는 간판이 걸려 있었다. 현관에 중년 여성이 서 있었다. 이 집의 주부인 모리모토 리츠코였다. 그녀도 얼굴에 핏기가 없었지만 똑바로 다가미를 쳐다보고 있었다.

"별채는 이쪽입니다."

몹시 긴장한 탓인지 형사와 제복 차림의 경관이 현관에 들어왔는데도 주눅든 기색이 없다는 것이 그녀의 첫인상이었다.

흰 백합이 꽂혀 있는 현관홀에 이층으로 올라가는 계단이 있었고, 일층 왼쪽 문으로 안내받아 들어간 방은 거실과 응접실을 겸하는 듯, 카펫이 깔린 8평 정도의 넓은 공간이었다. 인도 스타일의 투조로 장식한 병풍을 끼고 왼쪽 오른쪽으로 각각 소파가 놓여 있었다. 남쪽에는 유리문이 있었는데 닫힌 채로 레이스 커튼이 쳐져 있었다. 정성껏 가꾼 정원의 녹색 잔디와 화단에 핀 새빨간 샐비어가 커튼 너머로 눈부셨다. 에어컨이 켜진 실내는 약간 어두운 탓인지 공기가 더 싸늘하게 느껴졌다.

텔레비전 앞에 놓인 소파에 회색 티셔츠를 입은 노인이 구부정하게 앉아 있었다.

"아버님, 경찰서에서 오셨어요."

모리모토 리츠코가 노인의 가는 어깨에 손을 올려놓았다.

"첫 발견자인 모리모토 료사쿠 씨 맞으시죠."

다가미가 물었지만 노인은 고개를 돌려 텅 빈 눈으로 그를 올려다볼 뿐이었다.

"경찰분이 오셨어요."

"……"

"경, 찰, 이, 요……."

리츠코가 한 자 한 자 또박또박, 노인의 귓가에서 반복했다. 료사쿠는 주름이 깊은 얼굴을 부르르 떨면서 작게 끄덕이고는 겁에 질린 눈으로 다가미 일행을 둘러보았지만 일어서려고는 하지 않았다.

"어머니가 이렇게 되시고, 오늘 아침부터
　노망이 심하셔서……."

"뭐, 가만히 있으시는 게 좋겠죠. 고인은 어디십니까?"

뒤에 서 있던 모리모토 요시오가 "이쪽입니다." 하고 말했다.

　　서쪽에는 4평 크기의 다이닝 룸이 있었다. 방 가운데 테이블이 있고 서쪽 들창을 따라 깨끗하게 닦인 크림색 시스템 키친이 늘어서 있었다. 남쪽 유리문을 열자 별채로 이어지는 지붕 달린 연결 복도가 나왔고, 넓이가 2미터 정도 되는 테라스를 끼고 있었다.

　　테라스에는 휠체어가 놓여 있었다. 연결 복도를 지나 별채 미닫이 문을 열면 왼쪽에 폭이 30센티미터인 정사각형 모양의 현관이 있어, 서쪽 문으로도 출입할 수 있었다. 안쪽에는 화장실과 작은 부엌, 욕실도 갖추고 있는 모양이었다. 다가미는 훌륭한 설계라고 감탄했다.

"이 문도 감식을 부탁하죠."

젊은 요시카와 형사가 별채 현관문을 열어 옆집과 경계를 이루는 블록 벽을 따라 이어지는 좁은 골목길을 들여다보고는, 연결 복도의 미닫이문을 조사하고 있던 감식반 직원에게 말했다.

장지문을 열고 방에 들어서자 싸늘한 공기에서 냄새가 났다. 에어컨 특유의 냄새는 아니었다. 방 안에 노부부의 생활이 밴 냄새에 섞여 선향 냄새가 옅게 떠돌고 있었다.

모리모토 다츠는 그 3평 크기 방의 벽 쪽에 깔려있는 침상에 누워 있었다. 얼굴을 흰 천으로 덮고 목까지 얇은 여름 이불을 덮어 놓았지만 이불이 별로 솟아오르지 않아 자그마한 아이라도 재운 듯이 보였다. 다가미는 흰 장갑을 낀 채로 합장을 하고 흰 천을 걷었다.

레이스 커튼을 친 유리문에서 비쳐 드는 옅은 여름 햇살에 광대뼈가 툭 튀어나온 마른 노파의 얼굴이 드러났다. 숱이 적은 백발이 에어컨 바람에 흔들려 반짝이고 있었다. 주름으로 빚은 듯한 얇은 입술 끝이 살짝 말려 올라가 틀니의 하얀 앞니가 엿보였지만, 괴로워하는 표정이라기보다는 미소를 띤 것 같았다. 립스틱을 바른 입술 때문에 그렇게 보이는 것인지 모르지만, 편안한 표정이었다.

살인은 아니군……. 다가미는 직감했다.

그러나 오른쪽 귀에 실낱처럼 길게 핏자국이 묻어 있었다. 검시관이 다가미에게 눈짓하고 고개를 흔들고는, 손가락으로 피해자의 눈꺼풀을 열어 안구를 살펴보았다. 일순 죽은 노파의 눈이 푹 꺼진 눈구멍 안쪽에서 이 세상을 바라보았지만 주름투성이 눈꺼풀은 이내 다시 닫혔다. 검시관은 야윈 노파의 목도 조사하고 이불을 들춰 가슴 부근도 조사했다. 깔끔한 유카타*를 입고 있었지만 약간 냄새가 났다. 욕창 냄새였다.

이불을 도로 덮어 주자 노파는 일어나기 싫다고 잠든 척을 하는 어린아이 같은 얼굴로 돌아갔다.

동쪽 정원 쪽에는 2미터 정도 되는 들창이 있었다. 남쪽 툇마루 앞에는 4미터 크기의 유리창이 있었고 그 앞은 벽돌 벽이었다. 남쪽은 도로라 겨울에도 햇살은 잘 들 것이었다. 블록 벽을 따라 만든 울타리에는 들풀을 심은 화분이 꽉 들어차 있었다.

방의 북쪽은 수납장과 도코노마**였다. 도코노마에는 텔레비전과 전화기도 있지만, 지은 지 얼마 안 되는 이 방에 어울리지 않는 낡았지만 훌륭한 불단이 있었다. 불단에는 크고 작은 위패 몇 개가 좁은 간격으로 안치되어 있었다. 향꽂이에는 재가 되어 무너진 선향 옆으로 짧은 선향이 끝까지 타들어 가려는지 한 줄기 연기를 뿜고 있었다. 모리모토 료사쿠가 늙은 아내의 죽음을

---

*
浴衣, 여름에 입는 무명 홑옷.

**
상좌에 바닥을 한 칸 높게 만들어 관상용
종교 장식물로 장식하는 곳.

저승에 있는 이들에게 벌써 보고한 것일까.

다가미는 상인방이 있는 벽에 나란히 걸려 있는 사진 액자를 올려다보았다. 료사쿠가 받은 표창장 등의 액자도 걸려 있지만, 가문(家紋)을 넣은 예복을 입은 노부부의 갈변한 사진 곁에 각각 육군 상등병과 항공병 복장을 한 두 청년의 사진이 걸려 있었다. 서로 얼굴이 많이 닮은 긴장한 두 청년이 서늘한 눈으로 노파의 유체와 다가미 일행을 내려다보고 있었다.

실내를 뒤진 흔적은 없었다. 작은 경대와 작은 책상이 벽쪽에 치워져 있었고, 책상 위에는 큰 돋보기와 가지런히 접힌 신문지, 환자가 누운 채로 마실 수 있는 부리가 긴 그릇과 약봉지가 있었다. 그릇 위에는 행주가 걸쳐져 있었다. 청소한 흔적도 있어 노부부의 검박한 생활이 느껴졌다. 불단이 있는 이 방에, 텔레비전 위에 놓인 낡은 서양 인형과 두꺼운 성경책이 이질적이었다. 최근 노부부 중 누군가가 성경을 읽고 있었던 것일까.

언제 들어왔는지 방 구석에 모리모토 료사쿠가 서 있었다. 아까는 몸집이 작은 노인이라고 생각했는데, 등이 구부정한데도 키가 크고 체격도 좋은 노인이었다.

입가를 떨며 무엇인가를 말하려는 듯이 보였지만, "아버님은 저쪽에 계세요." 며느리가 그렇게 말하고 어깨를 안아 료사쿠를 내보냈다. 그들이 나가고 노의사가 들어왔다. 그는 "급환이 있어서 병원에 돌아갔었어요." 하고 숨을 헐떡이며 형사들에게 인사했다. 다가미도 이 의사가 일전에 한 번뿐이지만 감기에 걸린 자신을 진찰했던 것을 떠올리고 요전에는 감사했다고 말했다.

"다츠 씨가 이쪽에 오시고부터는 제가 진찰하고
있었죠……."

코밑으로 백발 수염을 기른 곤도 의사는 오늘 아침 진찰했을 때
의 상태를 짧게 말했다.

"수고하십니다. 자세한 얘기는 저쪽 방에서 듣죠."

다가미는 일어서다가 피해자의 머리맡 다다미가 젖어 '얼룩'이
생겼음을 깨달았다.

햇살에 바래 노래진 다다미는 젖어 있었다. 손으로 만져
보자 손바닥에 축축한 습기가 달라붙었다. 어젯밤 머리맡에 둔
물주전자라도 쓰러진 건가. 아니면 다츠가 실금한 흔적일까.

곤도 의사와 요시오 부부에게 본채로 돌아가라고 하고, 다
가미는 감식반 직원이 현장 사진을 찍는 동안 남쪽 툇마루에 나
가 산울타리 쪽의 화분을 바라보았다. 양손이 다 들어갈 정도로
큰 토기 화분에 가련한 엷은 분홍색 꽃이 흐드러지게 피어 있었
다. 장마 동안 피기 시작한 모양인데, 오늘 아침 햇살을 받아 막
꽃망울이 피어나기 시작한 꽃도 있는 것 같았다.

"이쪽 나무문으로 별채에 자유롭게 출입할 수 있군요."

블록 벽의 높이를 줄자로 재던 요시카와 형사가 수첩에 집 구조

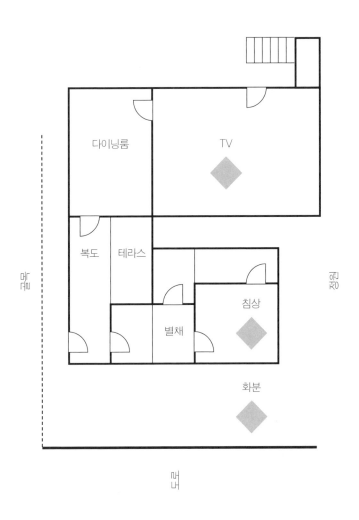

요시카와 형사의 메모

도를 그리면서 말했다. 남쪽 도로에 면한 블록 벽 서쪽 끝에 목제 여닫이 문이 있었다.

　　"이 블록 벽이라면 뛰어넘는 것도 별일 아니겠지."
　　"네, 도로에서 방 안도 엿볼 수 있고요."
　　"요시카와 군, 자네는 이 들풀의 이름을 아나?"

다가미가 물었다.

　　"모르겠는데요. 그냥 잡초 아닌가요?"
　　"엄연히 이름이 있어. 이쪽 건 '홀아비꽃대'라고 하지.
　　봄에 이 잎들 사이에서 작은 이삭처럼 새초롬한 꽃이
　　하나만 핀다네. 꽃이삭이 두 개인 건 '두사람꽃대'라고
　　하는데……."
　　"잘 아시네요."
　　"요즘 흥미가 생겨서. 백화점의 들풀 판매전 같은 데 보면
　　있는데, 이름이 외우기 어려우니 말이야……."
　　"다가미 씨도 나이가 드셨네요."
　　"이렇게 많은 들풀을, 다츠 씨가 정성껏 기르고
　　있었던 걸까……."

'홀아비꽃대'라……. 입안으로 작게 굴리듯이 다가미가 중얼거렸다.

"외부인에 의한 살인이군요."

들풀 따위에 흥미가 없는 요시카와가 말했다.

"액살*인 모양이군. 해부하면 확실해지겠지만……."

이름도 모르는 연분홍색 작은 꽃이 흐드러지게 핀 화분에서 시선을 돌리면서 다가미 형사도 이때는 외부인의 범행이라고 생각하고 있었다.

"오늘 아침, 어르신이 처음 발견하셨죠? 몇 시쯤이었나요?"

본채 거실 소파에 앉은 다가미는 모리모토 료사쿠에게 물었다. 여든아홉의 노인은 고개를 작게 떨며 기이한 표정으로 다가미를 바라보았다. 리츠코가 노인의 귀에서 이어폰이 빠진 것을 눈치채고 다시 끼워 주고는, 가슴 주머니에 들어있던 보청기 본체를 꺼내 마이크처럼 다가미를 향해 들었다.

"몇 시쯤 할머니가 돌아가신 걸 아셨나요?"

---

*

縊殺. 손으로 목을 졸라 죽임.

다가미는 천천히 다시 물었다.

　　"……?"

초점이 흐릿한 노인의 시선이 느릿하게 다가미를 향했다.

　　"할머니가 이상해진 걸 안 게 몇 시쯤이었어요, 어르신?"
　　"…… 그건…… 7시 반이 지나서였어."
　　"그건 제게 알려주신 시간이고요. 아까는 제게
　　 6시 전이라고 하셨잖아요. 오늘 아침 몇 시쯤에
　　 일어나셨나요?"

"제 목소리는 잘 알아들으세요." 하고 리츠코는 다가미에게 그렇게 말하고 료사쿠의 어깨에 손을 올려놓았다.

　　"5시에는 일어났지, 리츠코."

료사쿠가 말했다.

　　"오, 5시요. 어르신들은 일찍 일어나시는군요."
　　"매일 아침, 들풀을 보니까."

웃는 얼굴이 된 료사쿠에게 다가미도 미소를 짓고 말했다.

"그때 할머니가 이상하다는 걸 눈치채셨나요?"

"......"

"오늘 아침에도 들풀을 바라보셨죠. 할머니 죽음을 아신 건
들풀을 보기 전이었나요? 아니면 그 뒤인가요?"

"......"

"5시쯤이면 아직 비가 오고 있었죠? 비가 오는데
툇마루에 나가 들풀을 보셨을까요?"

"......"

"밤중에는 안 깨셨나요?"

료사쿠가 겁에 질린 눈으로 아들을 슬쩍 올려다보고는 무언가를
호소하는 듯이 며느리를 바라보다가 매달리는 듯한 시선을 곤도
의사에게 보내고는 침묵했다. 그는 검버섯이 핀 대머리의 무게를
겨우 지탱하는 것처럼 가는 목을 다시 가늘게 떨었다.

"많이 동요하셨고, 원체 기억이 온전치 않으세요."

곤도 의사가 중재하듯이 말했다.

"제가 오늘 아침에 전화를 받고 진찰하러 왔을 때
다츠 씨는 이미 밤중에 사망한 상태였습니다. 료사쿠 씨는
잠들어서 깨닫지 못하셨겠죠. 뭐, 어쩔 수 없는 일입니다."

노의사는 손을 뻗어 노인의 무릎에 올려놓고 격려하듯이 가볍게
두드렸다.

　"잠깐 전화 좀 빌리겠습니다."

다가미가 일어섰다. 전화기는 장식장 옆에 있었다. 장식장에는 백
과전서 말고도 골프 우승 트로피가 있었다. 다이얼을 돌리려 하
자 수화기에서 남자 목소리가 들렸다.

　"별채에서 쓰고 있는 거예요. 같은 회선을
　　나눠 쓰고 있거든요."

그를 본 모리모토 리츠코가 말했다. 과연, 실제로 수화기에서는
별채에서 본서 직원과 사법 해부에 관해 얘기하는 검시관의 목소
리가 들렸다. 행정 해부와 달리 사법 해부는 유족의 승낙이 필요
하지 않았다. 다가미도 형사 사건으로서 그 점을 과장에게 보고
할 생각이었다. 그는 수화기를 내려놓고 자리로 돌아왔다.

　　요시카와 형사가 요시오와 리츠코에게 별채 문단속에 관
해 묻고 있었다. 료사쿠도 다츠도 평소에 예민하다 싶을 정도로
문단속을 철저하게 해서, 덧문을 닫고 밖의 나무문이 잠긴 것도
확인한다고 했다. 하지만 연결 복도의 별채 미닫이문과 본채 유
리문은 열쇠를 갖고는 있어도 한밤중에 왔다 갔다 하기도 해서
잠그지 않는 경우가 많다고, 부부가 번갈아 대답했다. 어젯밤에도

잠그지 않았다고 리츠코가 말했다.

　　"외부인을 의심하시나요?"

요시오가 다가미의 얼굴을 바라보며 물었다. 리츠코의 불안한 시선이 남편과 다가미를 향했다.

　　"아니요, 그건 아직 뭐라고 말할 수 없군요…….
　　도난당한 물건은 없으시죠?"
　　"네, 그런 건 없습니다만……."
　　"리츠코, 너잖니."

문득 료사쿠가 큰 소리를 냈다. 그는 떨리는 손가락으로 리츠코를 가리키고 있었다. 관절이 불거진 손가락은 오랫동안 흙을 만져 온 농민의 손가락이었다.

　　"무슨 소리세요, 아버님."

리츠코가 당황스러움을 감추기 위해 어색한 웃음을 짓고 있었다.

　　"7시 반에, 네가, 할머니가 죽은 걸 내게 알렸잖니."
　　"어머, 아니죠. 7시 반은 제가 나오코를 현관에서
　　배웅한 시간이에요. 그 다음에 바로 아버님이 본체로

오셔서 제게 어머님 일을 알려 주셨잖아요. 그렇죠?"

료사쿠는 고개를 끄덕였지만, "경찰에 알리겠다는 말을 꺼낸 건, 리츠코, 너잖니." 하고 말했다.

"네, 경찰에 알려야 한다고 말한 건, 저예요."
"할멈은 어젯밤 안 죽었어. 오늘 아침, 아까야.
 내가 봤으니, 틀림없어."
"자, 자, 료사쿠 씨."

곤도 의사가 달래며 다시 료사쿠의 무릎을 가볍게 두들겼다. 이 노인을 상대하고 있으면 끝이 없을 것 같았다.

"어쨌든 부검 결과가 나오고 다시 사정을 물어볼 테니
 저녁에라도 서로 와 주시죠."

다가미는 요시오와 리츠코에게 그렇게 말하고 일어나면서 요시카와에게 고인을 운반하라고 신호를 보냈다.

현관을 나서던 다가미는 대문 앞에서 제복을 입은 경찰에게 가로막힌 초로의 남녀가 서 있는 것을 보았다. 둘 다 머리에서 발끝까지 새까만 복장이었다. 조문객이라기에는 너무 이른데, 소식을 듣고 달려온 친척일까. 길에는 주부들이 두서너 명씩 모여 몸을 숨기듯 그늘에서 귓속말을 하며 이쪽을 살피고 있었다.

27

"저희는 이런 사람들입니다."

초로의 남녀는 정중하게 머리를 숙이고 다가미에게 명함을 내밀었다.

"저희는 매주 이 댁 노부부를 찾아뵙고 있습니다만."

남자가 그렇게 말하자 늙은 여성도 끈적한 미소를 띠우고 끄덕였다.

"무슨 일이 일어났나요?"

이 남녀는 모리모토 다츠의 죽음을 알고 온 건 아닌 모양이었다. 명함에는 두 사람의 직함이 쓰여 있었다. 〈신의 가족 W·W·C - 웰컴 왜건 컴퍼니(Welcome Wagon Company)〉

다가미는 더 이상 두 사람을 상대하지 않고, 명함만 주머니에 넣고는 모리모토 다츠의 유체를 운반하라고 지시했다.

3

일요일의 도로는 아침부터 혼잡해 도즈카 서 앞에도 신호 대기 차량이 늘어서 있었다. 다가미 형사는 생각에 잠길 때의 버릇대로 콧두덩을 손가락으로 마사지하듯이 만지며 창밖을 내다보다가 혼잣말했다.

"이런 사건은 우울해져서 안 된다니까."

도로 위에는 바다에 놀러 가는지 선글라스를 쓴 숏 팬츠 차림의 젊은 아가씨가 화려한 스티커가 붙은 차에서 내려 고개를 쑥 빼고 정체 중인 도로를 짜증스럽게 바라보고 있었다.

"베테랑이 그런 소리를 하시면 저희 젊은 놈들은
두 손 두 발 다 들어야겠네요."

요시카와 형사가 자리에 앉아 있는 미우라 형사과장의 표정을 살피면서 농담처럼 말했다. 서류를 훑어보고 있던 과장은 아무 말도 없었다.

"요즘 이런 류의 살인이 많죠. 우리 서는 처음이지만,

지난달에는 오다와라 서에서 있었죠. 그 노인은
미장이였는데 '병약한 아내의 부탁을 받아 살해했다.'고
자수했었죠. 2월에는 아사히 서에서 일흔아홉 살 노인이
아내를 살인한 사건이 었었고, 작년 연말에는
가와사키 서 관내에서도……."

수사 데이터를 컴퓨터 기억 장치에서 불러내듯이 젊은 요시카와
형사가 이야기하기 시작했다.

지난달 오다와라 시내에서 일어난 사건은 이러했다. 일
흔네 살 노인이 반신마비인 일흔 살 아내에게 일 년 정도 전부터
"이대로는 가족에게 폐를 끼칠 뿐이니 죽여달라."는 부탁을 받았
다. 사건 당일 가족이 모두 외출했을 때, 노인은 텔레비전을 보고
있던 아내의 목을 창고에서 꺼내온 '굵은 무명 끈'으로 졸라 죽였
다. 아내를 죽인 뒤 자신도 죽으려 자전거를 타고 집 밖으로 나갔
지만 사위가 환하여 죽을 곳을 찾지 못했고, 그는 그대로 오다와
라 서까지 와서 자수했다. 오다와라 서에서는 그를 살인 혐의로
긴급 체포했지만 그날 밤 재택 조사로 전환하고 자백 조서를 받
았다. 요코하마시 아사히 서 관내와 가와사키 서 관내의 경우도
거의 같은 사건으로, 범행을 저시른 노인들은 자살을 바라면서도
자살하지 못하고, 모두 자수했다.

"할아버지 쪽이 할머니를 교살한다는 점이 공통적이죠.
할머니는 부탁을 받아도 실행하지 못하는 걸까요:

여자 쪽이 그만큼 선량한 것도 있겠지만, 상대방을
죽일 수 있을 정도의 체력이 없는 거겠죠."

"살인의 체력론인가. 요시카와 군다운 해석이로군."

서류에서 눈을 뗀 미우라 과장이 조금 빈정거리는 말투로 말했다.

"할아버지의 경우도 할머니를 죽일 체력은 겨우 남아
있었지만 그것도 다 써 버리고 자살할 체력은 없었다는
건가. 그야, 체력 문제도 있겠지. 하지만 요시카와 군, 50년
60년을 같이 산 부부 사이는 더 복잡기괴한 것인지도
모르지. 형태는 본인에게 의뢰를 받은 살인이라도, 부부
간 얽히고 섥힌 원한이 있는지도 모르지 않나. 노인이
되면 다 시드는 법이라지만 요즘 노인은 그렇지도 않은
모양이야. 양로원에서 할아버지 할머니가 치정으로
살인까지 저지르는 시대니 말이지."

"과장님은 이번 사건의 경우 료사쿠 쪽이 오랜 증오에서
비롯된 살의가 있었다는 건가요? 그 동기로 범행을
저질렀다고……."

"아니, 그렇게까지는 아니고. 일반론으로서는 여자 쪽이
범행을 유발시키는 요소가 많은 것이 보통이니까.
예를 들어 노인의 경우, 부부 사이에서 이미 옛날에
시효가 지난 할아버지 쪽 잘못을 할머니가 끄집어내서
욱했다든가."

"할머니 쪽이 교묘하게 살의를 유발시킨다는 건가요."
"어쨌든 이 사건의 경우 료사쿠의 자발적인 범행인지
아니면 할머니에게 부탁을 받은 촉탁 살인인지가
포인트인데, 아직 어느 쪽인지 확실하지 않다는 거지?"

미우라 과장이 서류 뭉치를 책상 위에 내려놓고 마일드세븐 담배에 불을 붙이고서는 아직도 창밖을 바라보고 있는 다가미 형사에게 말을 걸었다.

"다가미 씨는 뭔가 신경 쓰이는 점이 있는 모양입니다."
"아니요, 별로 대단한 건 아닙니다만……."

다가미는 애매하게 대답했다.

미우라 과장은 다가미와 같은 경찰 학교 출신으로 다가미의 후배였다. 하지만 고졸인 다가미가 쉰두 살의 경위로서 일반 형사인데 비하여, 대졸로 경찰 학교 졸업 후 순풍에 돛을 단 듯 승진 시험을 통과한 미우라는 곧 경감으로 승진하고 삼 년 전부터 이 도즈카 서에서 다가미의 상사가 되었다. 그의 나이는 다가미보다 열 살 연하로 막 마흔 술에 늘어선 참이었으니, 서장이 될 수 있는 코스였다. 대졸인 요시카와도 이십대에 이미 다가미와 같은 경위였다.

"뭔가 냄새가 나시나요? 다가미 선배님."

요시카와가 말했다.

　　"아니, 그런 건 아니야. 우울한 사건이라 그런지
　　　내 코도 시원치 않군."
　　"그렇게 시치미 떼실 겁니까?"

모리모토 다츠의 부검 결과가 분명히 액살로 나온 어제 오후 시점에서, 요시카와는 외부인에 의한 타살설을 주장했다. 조사해 보니 료사쿠 부부는 노령 연금 외에도 전사한 아들 두 명의 군인유족연금을 받아 아주 많지는 않아도 돈이 있었다. 그것을 노린 것이 아니겠냐고 요시카와가 말했다. 본채와 별채를 잇는 연결 복도 미닫이문은 잠겨 있지 않았다. 가족 외의 지문은 검출되지 않았지만, 치매에 걸린 료사쿠가 강도의 침입을 깨닫지 못했을 수도 있었다. 더구나 천둥도 치고 빗소리도 컸으니 작은 소음은 본채 이층에서 잠들어 있던 리츠코나 다른 가족들에게 들리지 않았을 것이다. 방을 뒤진 흔적이 없는 것은, 다츠에게 들켜 목을 조른 다음 료사쿠에게도 들켰다고 생각하고 허둥지둥 도망쳤기 때문이 아닐까. 이 가설에는 의문점이 많았지만, 그렇게 생각하면 다츠 머리맡 다다미가 젖어 있던 것도 빗속에 침입한 강도의 옷에서 떨어진 물이라고 설명할 수 있다. 그러나 오후 3시가 지나 요시오 부부에게서 료사쿠의 범행이라는 연락을 받은 요시카와는 자신의 착각에 머리를 긁고 있었던 참이었다.

"저는 아직 석연치 않은 점이 있어요."

요시카와가 말했다.

"이 사건의 경우 본인의 자수가 아니라 가족이, 그것도
아들 부부가 늙은 부친을 심문해서 자백을 받아 직접
경찰에 알렸는데요……."
"그러면 요시카와 군, 처음 전화 건 사람이 며느리라는
점이 걸리지 않는가. 수사상의 의문점이라기보다
그냥, 좀 그런 느낌이지만."

다가미는 창 근처에서 젊은 요시카와를 향해 자세를 고쳤다.

"하지만 그건 현장 상황에서는 어쩔 수 없었다고
생각합니다. 아들 모리모토 요시오는 육친인 어머니의
수상한 죽음에 며느리보다 동요했을 테니까요."
"큰일이 났을 때는 남편 쪽이 칠칠하지 못하다는 건가."

다가미가 쓴웃음을 지었다. 그리고 어제 현장에서도 그렇지만 모
리모토 료사쿠에게 임의 출두를 해 달라고 했을 때 갈아입을 옷
등을 지참하고 따라온 모리모토 리츠코의, 눈물이 어렸지만 굳센
표정을 떠올렸다. 남편 요시오와 둘이서 밤늦게까지 취조실 복도
의자에 앉아 있던 리츠코는 료사쿠에게 살인 혐의로 체포장이 나

왔다는 이야기를 듣자 얼굴을 감싸고 복도에 주저앉아 멍한 남편에게 안겨 있었다. 그러나 곧 사법 해부가 끝난 시어머니의 유체를 바로 돌려달라고 요청하고는 남편을 지휘하여 고인을 인도받았다. 그리고 오늘 아침 일찍, 료사쿠에게 요구르트 등 아침식사를 차입하러 온 그녀는 서장에게 인사를 드리고 싶다고 부탁했다. 다가미가 일요일이라 서장은 비번이라고 하자 대신 차장에게 정중하게 인사를 하고 돌아갔다. 다가미는 그 냉정함에 감탄했지만, 여자의 무서움이라기보다 주부의 강인함에 놀란 것이었다.

"야무진 그녀의 의견에 따라 서에 신고한 건 별로 수상적지
않지만, 그렇다면 첫 신고가 더 빠를 법하다는 거지.
료사쿠가 며느리에게 아내의 죽음을 알린 것이
7시 반 조금 지나서, 이건 틀림없어. 이때 남편 요시오는
조깅하러 가서 없었고, 고등학생인 딸도 집을 나선
직후였지. 요시오가 조깅하고 돌아온 것이 7시 40분,
아니 43분, 44분이려나. 그도 어머니 시체를 보고 사인에
의문을 가졌다고 했으니 당황했다고 해도 8시가 지났을
때는 경찰에 신고해도 되지 않았겠느냐는 거지. 신고가
10시 20분이라는 건 너무 늦지 않나."
"그건 의사를 부르느라······."
"그래, 피해자를 앞에 두고 요시오 부부는 구급차를
부를지, 주치의인 곤도 의사를 부를지, 아니면 경찰에
연락할지 망설인 모양이지만 결국 곤도 의사에게

와 달라고 했지. 뭐, 이런 경우 당연한 조처겠지. 그리고
사실은 병사로 처리하고 싶었던 게 아닐까."

"그건 그렇겠네요."

"곤도 의사는 피해자를 진찰하고 사인에 의심을 품었다.
그러나 그 자신도 병사로 처리할까 망설였는지도 모르지.
이건 내 억측이지만 쭉 다츠 씨를 진찰했고 본인도
일흔두 살의 고령인 곤도 의사가 내심 자신이 병사로
사망진단서를 쓰면 될 일이라고 생각했어도 이상하지는
않지."

"하지만, 그건……."

"뭐, 계속 들어 보게. 저 노의사는 나도 진찰받은 적이
있어서 어느 정도 아는데, 노인 환자의 말을 천천히
들어 주고 상담도 해 주는 옛날 타입이지. 의술은 곧
인술이라고 생각하는, 요즘은 보기 드문 의사야. 자기가
보던 고령 환자의 '살인'이라는 죽음의 형태를 견디지
못했을 거야. 현장에 입회했을 때 태도로 자네도 느꼈을
거라고 생각하지만, 어쨌든 다츠 씨를 병사로 처리하는
것도 생각했을 건 분명해. 물론 곤도 의사는 실은 아까도
전화로 이야기했지만 조금도 그런 티를 내지 않았지.
뭐라 해도 의사법 위반으로 범죄니까. 그러나 사실 이건
의사보다도 가족이 가장 바란 바가 아닐까."

"료사쿠의 범행이면 남부끄러운 일이 되니까요."

"요시오 부부는 료사쿠가 죽였다고 금방 눈치챘을 거라고

생각하네."

"복도 문을 잠그지 않았다고 말한 건 외부인 소행이라고
생각하게 만들기 위한 거짓말일까요?"

"글쎄, 그건 어떨까."

"료사쿠를 감싸고 병사라……. 그러면 다가미 씨 말씀은
실제로는 노인의 자살이나 살인인데 병사로 처리되는
예가 있다는 거군요."

"곤도 의사 같은 의사가 더 있다고 가정하면, 의외로
많을지도 모르지. 뭐 그 얘기는 어찌됐든 모리모토 가의
경우 체면을 생각하면 가장 괴로운 입장이 되는 건
며느리인 리츠코겠지. 료사쿠의 범행일지도 모른다고
짐작했다면, 당장은 모르는 척하고 주치의인 노의사에게
슬쩍 사망진단서를 병사로 써 달라고 부탁하는 것 역시
그녀겠지. 물론 아들인 요시오도 그걸 바랐겠지만. 곤도
의사는 그러지 않겠다고 결정했다는 게 되지만, 그렇다고
해도 의사가 경찰에 직접 전화하지 않고 일단 돌아간 뒤,
리츠코의 의견대로 경찰에 연락할 때까지 시간이 너무
오래 걸렸다는 거네. 더구나 우리들이 피해자의 유체와
함께 서로 돌아오고 나서, 요시오 부부가 료사쿠를
힐문하고 서에 통보한 오후 3시까지 사이에 있었던 일도
신경이 쓰이고 말이네."

요시오 부부가 늙은 부친이 살인범이라고 경찰에 알려야 할지 고

민했을 것은 이해할 수 있다. 그 약 네 시간 동안, 늙은 부친과 아들 부부 사이에서는 어떤 대화가 오갔을까.

그렇게 이야기하며 다가미의 의혹은 료사쿠가 범행을 저지른 장마 마지막 날 밤으로 거슬러 올라갔다. 료사쿠가 아마 꼬이는 혀로 범행 시각이라고 자백했을 밤 10시 전후부터, 며느리 리츠코에게 알린 다음날 아침 오전 7시 반까지, 격한 뇌우가 퍼붓던 하룻밤. 오전 6시 무렵에 료사쿠는 다츠의 몸이 식어 있음을 알았던 것 같지만, 밤사이에 깨어난 적은 없었는가. 또한 죽음을 안 6시부터 리츠코에게 알리기까지 한 시간 반 동안에는 무엇을 하고 있었는가.

어젯밤 조간의 마감 시간이 아슬아슬할 때까지 끈질기게 질문하던 신문기자에게 서장과 미우라 과장은 료사쿠의 짧은 자백과 부검 결과를 근거로 료사쿠의 액살이라고 발표했지만 그것이 정말 사실일까.

어딘가 석연치 않은 것은 역시 노인의 아내 살해라는 사건의 성질 때문인지도 몰랐다. 다가미는 오늘 아침 세 시간 정도 겨우 눈을 붙인 탓에 머리가 피곤하기도 했지만, 엷은 화장을 한 노파의 그 편안한 얼굴이 뇌리에서 사라지지 않았다. 남편에게 살해당한다는 것을 알고도 그런 표정을 지을 수 있을까. 현장에서 못 보고 지나친 것이 있었던 것은 아닐까.

"다가미 씨, 며느리를 의심하고 계신가요?"

요시카와가 물었다.

　　"아니, 의심하진 않아. 다만 자네에게 지금까지 있었던
　　사건을 듣고 알았는데, 오다와라 서의 경우도 아사히 서의
　　경우도 그렇고, 이런 종류의 사건이 독거노인이나 노부부
　　단독 세대만이 아니라 2세대, 3세대가 동거하는, 소위
　　노인에게 이상적인 가정에서 일어난다는 점을 생각하면
　　며느리가 신경이 쓰이기는 하는군."

다가미는 거기서 말을 끊고 하이라이트 담배에 불을 붙였다. 요
시카와가 말을 이어받았다.

　　"요즘 경시청 통계에 의하면 노인의 자살은 2세대, 3세대
　　동거 가정이 가장 많고 그 다음이 양로원이며,
　　독거노인은 자살이 적습니다. 거꾸로인 것 같아서 저는
　　잘 모르겠군요. 노인은 가족과 함께 사는 편이 행복할
　　텐데 어째서일까요. 요전에 후생성*이 발표한 일본인
　　평균수명에서, 증가가 정체된 첫 번째 요인이 쇼와 한
　　자릿수 세대**의 자살이고 그 다음이 노인의 자살이었죠."

＊
후생노동성의 줄임말로, 우리나라의 보건복지부에 해당한다.
＊＊
쇼와 1년부터 9년, 즉 1926년 12월 15일부터 1934년까지 출생한
세대를 가리키는 관용구이다.

39

"이번 사건의 경우 다츠 씨의 자살이라고
 생각해 볼 수는 없나?"

미우라 과장이 끼어들었다.

자살 방조, 그것은 가능했다.

마지막 얼굴이 저렇게나 온화했던 이유는, 남편에게 죽여
달라 의뢰했거나 자살하려다 죽지 못한 자신을 남편이 편하게 해
주었기 때문인 것은 아닐까.

그러나 요시카와가 말했다.

"과장님, 그건 생각할 수 없습니다. 액흔*이 있었고,
 료사쿠가 자백했으니까요."

미우라 과장은 의자 등에 몸을 맡기고 벽걸이 시계를 올려다보며
다가미에게 물었다.

"그런데 료사쿠의 진술 조서는 작성할 수 있습니까?"
"저 상태로는 조리 있는 진술은 어렵겠죠. 귀가
 잘 안 들리는 데다 치매가 심해서. 오늘 아침에는

---

*
목이 졸린 흔적.

40

조금 진정한 것 같았지만 살살 해 볼 생각입니다.

오늘은 요시오 부부에게 진술을 받고 내일은 손자인

다카오에게도…….”

“다카오는 두 번 재수하고 이번 봄에 대학에 들어간

장남이었지요. 그는 사건 당일 밤에도 다음 날도 차를

타고 외출한 뒤 부재중이었죠?”

“일단 그에게도 가정 사정을 들어야겠죠.”

“그건 맡기겠습니다만…….”

미우라 과장은 애매하게 말을 흐리고는 어깨를 펴고 말을 이었다.

“실은 신문이나 텔레비전이 떠들어 대는 탓에

오늘 아침 일찍부터 전화가 시끄럽게 와서 말이지.

오늘은 홍보 담당자가 비번이라 차장이 대응하고 있는데,

여든아홉 살 노인을 체포해 유치장에 가두다니

무슨 짓이냐고 시민들이 난리라네.”

“오다와라 서처럼 재택 조사를 하는 건 어떠십니까?”

요시카와가 말했다.

“자살 우려가 있어서 유치장에 가둔 거니까 그렇게는

안 돼. 여성 경찰이 잘 돌봐 주고 있겠지?”

“아이카와 씨가 친절하게 돌봐 주고 있습니다만.”

"재택 조사를 할지 어떨지는 서장과 상담해 보겠지만
자백하기도 했고 상대는 노인이니까 너무 깊이 파고들지
말고, 잘 좀 부탁하네. 아까 자살 가능성을 얘기한 건,
자살이면 우리 어깨의 짐도 가벼워진다고 생각해서
한 말이니까. 다가미 씨가 투덜댔듯이 이런 사건은
골치가 아파."

"이런 사건이 갑자기 늘어난 건 작년 5월에 사가미하라
서 관내에서 일어난 노(老)칼럼니스트의 아내 교살 사건
이후부터군요. 연쇄 반응을 일으키고 있는 걸까요."

"요시카와 군, 그 얘기는 다음에 하지."

이제 그만 일을 시작하라고 미우라 과장이 말했을 때, 책상의 전
화가 울렸다.

"차장이 다 대응하지 못하고 전화를 돌린 거야.
정중하게 대응하게나."

4

모리모토 요시오의 진술

저는 1933년 6월 12일 군마현 오루라군 이타쿠라정
시모신덴 285번지에서 농가의 사남으로 태어났습니다.
지난주로 막 쉰하나가 되었습니다. 형사님은
1932년생이신가요? 역시 농가 출신이시고요?
저는 1957년에 도쿄의 사립대학을 졸업하고 지금 다니는
회사에 입사해 거의 판매 업무에 종사해 왔습니다만,
4년 전부터 홍보부 과장을 하고 있습니다.

사건 당일 밤이요? 그제는 금요일이라 아카사카에 있는
회사에서 11시 20분까지 야근을 했습니다. 두 번째와
네 번째 토요일이 휴일인 격주 5일제라 다음 날이 휴일인
금요일은 아무래도 야근을 하게 돼죠. 저희 회사는 강판
관련 제품을 만들고 있는데요, 요즘은 법랑을 입혀
만든 욕조나 키친 세트 등 고가의 인테리어 용품이 주력
상품이라 텔레비전 광고 등을 제작해야 하죠. 그래서
외부 광고 제작 회사에 발주하거나 광고 매체를 선정하고
광고 대리점과 회의를 하거나 시장 조사 자료를 만드는

등의 일로 금요일 밤은 늦게까지 야근을 하고, 종종 밤을
새는 일도 있습니다. 그저께는 계장인 우노 군에게 남아
달라고 하고 제가 퇴근한 건 밤 11시 20분, 타임카드를
찍어서 정확히 기억하고 있습니다. 야근 후에 신바시
역의 단골 바에 들를 때도 있습니다만, 그날은 빗발이
심하고 피곤하기도 해서 신바시 역에서 23시 56분에
출발하는 쇼난 전철 막차로 오후나 역으로 왔습니다.
그 막차가 조금 늦어서 오후나 역에 도착한 게 새벽
1시쯤이었습니다.

집은 요코하마시입니다만 아시다시피 가마쿠라시에
가까워 네기시선 홍고다이 역보다 오후나 역으로 오는
쪽이 편리합니다. 그래서 통근할 때는 오후나 역에서
쇼난 전철을 이용하고 있습니다. 이것도 이미 아실
테지만, 막차 시간에는, 특히 금요일 밤이면 한잔 걸치고
귀가하는 회사원으로 대단히 혼잡하죠. 비라도 내리면
택시를 타는 데만 30분 이상 기다려야 합니다. 그러다
보니 집으로 전화해 아들에게 차로 데리러 와 달라고 하는
일도 있습니다. 하지만 미안하기도 하고 해서 요즘은 택시
승객이 뜸해질 때까지 30분 정도 근처 바에서 시간을
죽이는 것이 습관처럼 되었습니다. 어머니가 그렇게
되신 밤에 한심한 노릇입니다만, 그제는 '치코'라는 작은
바에서 이웃인 구로키 씨와 흥이 나서 한 시간 정도

마시고 둘이서 택시를 함께 탔습니다. 제가 먼저 내렸고
집에 들어간 것은 새벽 2시가 지나서였습니다.

그때요? 별채 불은 꺼져 있었습니다. 아내도 딸도
이미 잠든 뒤라 본채도 문과 현관의 등을 빼면
어두컴컴했습니다. 현관문 열쇠가 있어서 아내를
깨우지 않고 집에 들어가 거실 유리문 너머로 별채를
엿보았습니다. 유리문에는 덧문이 있습니다만, 태풍 때
외에는 거의 닫는 일이 없습니다. 그제도 비가 심하게
들이쳤지만 레이스 커튼과 두꺼운 커튼을 친 것뿐이라
그 커튼 사이로 새는 빛이 보여 불을 켰는지 확인할 수
있었습니다. 늦게 귀가했을 때는 부모님이 신경 쓰여서
별채를 들여다보는 것이 거의 습관이었습니다. 그제는
머리에 취기가 돌아 들어가 보지는 않고 샤워를 하고 이층
침실에 들어갔습니다. 아내 곁에 누웠을 때 다시 빗발이
심해지고 천둥 소리가 들린 걸 기억하고 있습니다만,
피곤하고 취해 있기도 해서 아내와 조금 이야기한
다음 이제 장마도 끝나겠다고 비몽사몽 생각하며
잠들었습니다.

다음날 아침에는 오전 7시 10분에 눈을 떴습니다. 휴일인
토요일 아침이니 늦잠을 자도 괜찮긴 하지만, 회사원의
비애랄까요, 몸에 습관이 배어서 늘 같은 시간에 깹니다.

이날 아침에도 7시 10분에 일어나, 어제 말씀드렸듯이
휴일의 아침 일과인 조깅을 했습니다. 여담이지만
이전에는 토요일 휴일이면 광고 대리점 사람들 접대로
골프를 치러 가는 일이 많았지만 1년 정도 전부터 골프는
그만두고 대신 집 주변을 가볍게 조깅하고 있습니다.
실은 쉰 살 생일에 금연과 조깅을 하기로 마음을
먹고서 어찌어찌 금연에 성공했지만 조깅도 시작하니
몸 컨디션이 아주 좋아졌습니다. 요즘은 뛰지 않으면
컨디션이 안 좋을 정도라 몸이 자연히 달리는 것을 원하게
되었죠. 어제 아침에는 날씨도 좋아서 오랜만에 기분 좋게
달리고 돌아왔는데 어머니가 돌아가셨다는 말을 듣고
깜짝 놀랐습니다.

아내에게 소식을 듣고 별채로 가 어머니의 마지막
얼굴을 본 순간, 잘 표현하지 못하겠습니다만, 뭔가
이상하다고 느꼈습니다. 아니요, 오른쪽 귀에서 흐르던
피를 알아챈 건 조금 더 뒤였습니다. 여름 이불을 목까지
덮고 어머니는 똑바로 잠든 듯이 누워 계셨지만, 피를
나눈 아들의 감이라 할까요, 평범한 사인은 아니라고
직감했습니다. 그러나 그걸 입에 올리지는 않았고,
어머니의 맥박을 확인하고 이제 어쩔 수 없다는 건
알았지만 곤도 선생님을 부를지 구급차를 부를지 아내와
상의했습니다.

그때 아버지 상태요? 어머니 곁에 앉으셔서 쭉 어머니의
한쪽 손을 잡고 계셨던 것 같습니다. 저도 당황해서
아버지를 주의 깊게 관찰하고 있었던 것은 아닙니다.
하지만 조금 지나서 아버지가 어머니의 손을 손바닥으로
감싸듯이 쥐고는 손가락을 하나하나. 멍한 표정으로
쓰다듬고 있던 것을 기억하고 있습니다. 그러나 그때는
아직 저도 제 처도 전혀 아버지를 의심하지 않았습니다.

곤도 선생님이 오신 건 오전 8시 반 정도였을까요. 사인에
의문이 든다고 하시고 경찰에 연락하는 게 좋겠다고
하셨죠. 그때 병원에서 급환이 생겨 경찰이 오면 전화로
알려 달라고 하시고 일단 의원으로 돌아가셨습니다.

아니요, 곤도 선생님에게 병사 진단서를 써 달라니, 저도
제 처도 부탁드린 적 없습니다. 선생님도 그런 말씀은
절대 하지 않으셨습니다. 병사면 좋았을 거라고, 지금도
그러길 바라고는 있습니다만······.

경찰에 연락할 때까지 뭘 했냐는 말씀이신가요? 이때도
설마 아버지가 그런 일을 저지르셨다고는 생각하지
못하고, 아버지가 엉뚱한 소리를 하며 저와 처를
탓하시길래 아버지를 달래거나, 돌아가신 분을 앞에
두고 부끄러운 소리입니다만, 저와 처가 말다툼까지는

아니지만 조금 투닥거리기도 했습니다. 그래서
정신이 들자 벌써 시간이 상당히 지나 있었습니다.
네, 경찰에 연락하자는 건 아내의 의견이었습니다만,
저도 같은 생각이었으니 아내의 일방적인 의견이었던
건 아니었습니다. 다만 제가 주저해서 아내가 먼저
이야기하고 저를 바꿔줘서 제가 통화했습니다.

다시 말씀드리지만, 아버지를 의심하기 시작한 건
형사분들이 어머니의 유체를 부검한다고 데려가신 다음
일입니다. 아내가 제게 아버지의 태도가 너무나 묘하다고
귓속말을 했습니다. 아버지를 보시면 아시겠지만,
어머니의 죽음으로 상당히 혼란하셨는데 실은 작년 가을
정도부터 노망이 들기 시작하셔서 평소에도 아주 엉뚱한
소리를 하셨습니다. 그래서 저는 어제 아침의 아버지가
특별히 기묘하다고는 느끼지 않았습니다. 그러나 아내가
그렇게 말하고 생각해 보니 확실히 거동이 수상했습니다.
아버지를 이층 저희 방으로 불러 아내에게는 자리를 비켜
달라고 하고 제가 캐묻자 어제도 말씀드렸듯이 아버지가
자기 얼굴을 가리고 울음을 터뜨리셨습니다. 재차

---

*

일본 고도경제성장기에 건설된 아파트촌이다. 일본은 지진 때문에
고층 아파트가 발달하지 않아 일반적으로 단독 주택을 지향하는
경향이 강하다. 현재는 시설 낙후 및 거주민 감소로 경원시되고 있다.

확인하고 이번에는 제가 경찰에 전화를 한 겁니다.

지금 생각하면 군마 시골에 계시던 아버지와 어머니를
5년 전에 이쪽으로 모시고 온 것이 이런 불행을
불러온 원인인 것만 같습니다. 효도한다는 생각으로,
처음에는 반대하던 아내를 설득해서 겨우 모시고 온
것이었습니다만……

저와 처는 1963년에 결혼하고 도쿄에서는 단지*에
살았습니다. 5년 전 지금 자리의 토지를 구입하고,
오랫동안의 염원을 이루어 마이홈**을 짓고 고향에서
연로하신 양친을 불러 별채에 모신 겁니다.

저는 호적상 넷째라 옛날 식으로 보면 부모님을 부양할
의무는 없습니다. 하지만 장남과 차남이 전사하고 바로
위의 형은 제가 태어난 해에 세 살로 병사해서, 사실상
외아들 같은 상황이라 원래라면 농업도 이어야 했습니다.
그렇군요, 별채에 걸려 있는 형들의 영정을 보셨군요.
둘째 료지 형은 패전 3개월 전인 1945년 5월에 오키나와

**
일본식 조어로 자가, 특히 단독 주택을 뜻한다.
일본은 전세 제도가 없어 월세가 일반적인데,
회사원은 보통 20~30년 이상의 장기 대출을 받아
자가를 구입한다. 단독 주택을 선호하는
경향이 강하다.

전에서 특공대원으로서 전사했습니다. 하지만 저는
농업은 싫어 1946년 지역 구제* 중학교에 진학했습니다.
원래 장남인 겐이치로 형의 전사 통지가 온 것이 패전 후
2년이나 지났을 때여서, 저는 가업을 잇지 않기로 되어
있었던 겁니다.

그 뒤로도 저 자신은 그럴 생각이었고, 결국 여동생이
데릴사위를 들여 가업을 잇기로 했습니다. 저는 도쿄의
대학을 졸업하고, 아까 말씀드렸듯이 도시에서 결혼
생활을 보냈습니다만, 10년 정도 전부터 여동생 부부와
부모님 사이가 나빠져 무슨 일만 있으면 어머니가 편지나
전화로 가능하면 저희 쪽에서 만년을 보내고 싶다고
말씀하셔서 저도 부모님을 부르자고 생각했던 겁니다.
땅을 사서 새로 집을 짓는 건 샐러리맨의 저축으로는
부족했습니다. 그래서 아버지와 어머니가 이쪽으로
오신다면 재산을 나누어 자금 원조를 받을 수 있지 않을까
싶어 이야기를 꺼내 보았습니다. 아버지도 겨우 찬성해
주셨고, 동생과 매부 쪽은 곤란하던 참에 잘 되었다고
기뻐했습니다. 그래서 저희는 아직 조성 중이었던 그

---

*
제2차 세계 대전 이전 교육 체제.

지역에 넓은 대지를 구해 부모님이 지낼 별채가 딸린
마이홈을 지을 수 있었던 겁니다.

부모님께서는 아무리 아들 집에 간다고는 해도 조상
대대로 살던 고향 땅을, 그것도 오랫동안 농사 지어온
땅을 떠나는 것이니 나름대로 괴로운 심정이셨을 겁니다.
하지만 1정보^{**} 정도의 논밭으로는 전업농가도 하실 수
없고, 매부 대부터는 평일에는 다른 일을 하고 휴일에만
농작업을 하는 겸업농가가 되었습니다. 이미 은거
상태셨던 부모님은 인생의 만년을 피를 나눈 아들 집에서
손주들과 함께 사는 것을 매우 기뻐해 주셨습니다.

저희 집에 오셨을 때가 5년 정도 전이니까 아버지는
여든둘, 네 살 연하인 어머니는 일흔여덟이셨습니다.
아버지는 귀가 조금 먹었고 어머니는 눈이 다소
불편하셨지만 딱히 지병도 없고 몸은 아주
건강하셨습니다. 저희 쪽에 오시고부터는 회춘한 것
같기까지 하여 두 분이서 가마쿠라의 절을 도시며
"매일이 이렇게 즐거웠던 적이 없다"고 하셨습니다. 가끔

---

^{**}
町歩, 넓이 단위로 1정보는 3,000평이다.

본채에서 함께 식사를 하실 때도 있었지만, 평소 식사 등 생활은 저희와 따로 하는 식이었습니다. 그건 너무 수발을 세세하게 들어 주면 노망이 나기 쉽고, 노인의 생활 리듬을 어지럽히는 건 좋지 않다고, 연로하신 부모님을 배려한 아내의 의견이었습니다. 저도 기꺼이 찬성해서 그렇게 해 왔습니다. 부모님도 이런 생활에 익숙해지셔서 저는 안심했고 연로하신 부모님에게 만년에 효도할 수 있게 되어 기뻐하던 참이었습니다.

어머니는 눈이 불편하셨지만 친구도 생기시고 들풀을 기르는 취미를 가지게 되셨고, 아버지는 동네 반상회에서 아이들에게 대나무 공예를 가르치거나 노인회에서는 장로 격으로서 건배사를 맡으시기도 하고, 3년 전 가을에는 지역 신사나 도로 청소 봉사에 적극적으로 참가하여 시장에게 표창을 받을 정도였습니다.

시장에게 표창을 받은 날, 축하하기 위해 본채에서 저녁을 함께 했습니다. 아버지가 시장에게 받은 표창장을 자랑스럽게 손주들에게 보여 주면서 이런 말을 하신 것을 기억하고 있습니다.
"이제 할멈과 함께 덜컥 죽을 수 있으면 얼마나 좋겠니."
"아버님, 그런 소리 하지 마세요, 장수하셔야죠."
아내는 웃는 얼굴로 그렇게 말했지만 아마 아내도

마음속으로는 저희 부모님이 행복할 때 돌아가 주시기를 바랐을 거라고 생각합니다. 솔직히 말해 저도 아버지가 지역 청소 봉사로 시장에게 표창장을 받았을 때, 그 행복 속에서 우리가 성가시지 않게 돌아가시면 얼마나 편할까 하고, 분명 부모님의 죽음을 바랐습니다. 그때 아버지는 여든다섯, 어머니는 여든하나셨습니다. 친가 외가 모두 조부모님은 50대에 돌아가셨고 형제 분들도 이미 다들 돌아가셔서 부모님은 친척 중에서 가장 장수하고 계셨죠.

어머니가 노망이 들기 시작한 것은, 다시 반년이 지난 다음이었습니다.

재작년 벚꽃이 피던 계절이었습니다. 저녁에 아내가 회사에 전화를 걸었습니다. 어머니가 정오 전에 홀로 외출한 뒤 돌아오지 않아 걱정하던 차에 가마쿠라 경찰서에서 어머니를 보호하고 있으니 데리러 오라는 전화를 받았고, 지금 차로 모시러 가는 중이니 당신도 회사 일이 끝나면 바로 집으로 오라는 것이었습니다. 퇴근 후에 사정을 들어 보니, 벚꽃 명소로 알려진 가마쿠라 산 인근 연못 주변에 어머니가 멍하니 서 있는 것을 지나가던 경찰차가 발견했답니다. 아버지에게는 들풀 모임의 노구치 씨라는 할머니 댁에 간다고 하고 나가신 모양인데, 노구치 씨 댁과는 방향이 전혀 달랐습니다.

그러나 어머니에게 여쭤보니 우리들이 왜 소란을 떠는지
모르겠다는 얼굴로 이렇게 말씀하시는 것이었습니다.
"나는 내 고향 이타쿠라 늪에 갔었다."

부모님의 고향이자 제가 나고 자란 군마현
이타쿠라정에는, 10년 전에 거의 매립되어 공업 지대가
된 이타쿠라라는 큰 늪이 있었습니다. 외가는 늪의
반대편이 있는 하나레라는 마을이었습니다. 시집오실
때 어머니는 흰 신부 옷을 입고 조각배를 타고 그 늪을
건너오셨다는 이야기를 들었습니다. 어머니는 그곳에
다녀오셨다는 겁니다.

"어머니, 전철을 타고 이타쿠라까지 갔다 오셨어요?"
저는 그렇게 물었습니다. 이타쿠라정은 군마현입니다만
도네강과 와타라세강을 끼고 동쪽으로 뻗어 도치기,
사이타마, 이바라키 세 현에 인접한 저습 지대입니다.
오후네에서 가려면 우선 도쿄로 가서 우에노나
아사쿠사에서 버스를 갈아타고 편도 4시간 이상 걸리는
곳입니다. 할머니 걸음으로는 절대로 반나절 만에 왕복할
수 있는 거리가 아닙니다.
"응, 이타쿠라 늪에 다녀왔단다."
하지만 어머니는 아무렇지도 않았습니다. 그리고
어린아이처럼 빙그레 웃으시고는 저도 어릴 적 자주

들었던 이타쿠라 늪의 노래*를 흥얼거렸습니다. 이런
노래입니다.

나는야 이타쿠라 늪의 수초 따는 아가씨
수초를 뜯어서 그런지 살이 까매
까매도 맛보세요
맛은 야마토의 저 곶감
맛은 야마토의 그 곶감

그날 혼자서 집을 나온 여든한 살의 어머니는 자신이
전철을 갈아타고 고향으로 돌아갔다고 생각하고
가마쿠라 산 연못에 반나절이나 서 계셨던 겁니다. 만개한
벚꽃이 흐드러지는 가마쿠라 산의 연못을 바라보며
고향의 '수초 따는 노래'를 흥얼거리고 계셨으리라
생각합니다.

곤도 선생님께 노인성 치매 진단을 받은 것은
그 무렵이었습니다.

---

*
이 지역 농민들이 늪의 수초를 채집하여 밭의 비료로
사용하였기 때문에 생긴 군마현의 민요이다. 현재로서는
적절하지 않은 표현이 존재하나 실재 민요이므로
그대로 싣는다.

5

모리모토 리츠코의 진술

저는 1935년 1월 20일 도쿄도 다이토구에서 태어난
마흔아홉 살 주부입니다. 가족은 남편 요시오, 아들
다카오, 딸 나오코, 그리고 시아버지 료사쿠와 돌아가신
시어머니 다츠까지 6인 가족이었습니다.

2년 전에 시어머니가 노인성 치매에 걸리셨고, 최근에는
시아버지 쪽도 치매가 시작되어 병간호로 고생했지만
이건 시부모님을 모시게 되었을 때부터 각오하고 있던
일이었습니다. 이렇게 되고 나니 세간에까지 폐를 끼쳐
제가 이렇게 하면 좋았을 걸, 저렇게 하면 좋았을 걸, 싶어
제 부족함이 그저 부끄러울 따름입니다.

노인 돌봄은 제 나이대 주부라면 어느 집이나 하기
마련이니 저 혼자만 유달리 고생하는 건 아닙니다.
제 친구 중에는 이미 10년 동안, 치매에 걸린 어머니의
식사 준비부터 '대소변' 수발을 드는 사람도 있습니다. 꼭
친딸만 그렇게 할 수 있는 건 아니어서, 고부 사이라도

다들 열심히 하십니다. 주부끼리 모이면 대개 이런 얘기를 하게 됩니다만, 한탄을 하는 사람은 거의 없습니다. 그보다 어떻게 돌보면 좋은지 서로 정보를 교환하거나 우리가 노인이 되었을 때 어쩌면 좋을지 등을 진지하게 이야기하기도 합니다.

저희 집 같은 경우는 염원하던 마이홈도 가졌고 시부모님과의 주거 환경도 다른 사람들이 부러워할 정도였습니다. 장남 다카오가 삼수 끝에 겨우 대학에 들어가 학비는 비싸고 주택 대출도 있어 아주 넉넉하지는 않지만, 남편 월급 외에 저도 주에 1회는 자택에서 꽃꽂이를 가르쳐 적지만 수입이 있어 경제적으로 여유로운 편이었습니다. 시부모님도 용돈이 부족한 적도 없고 경제적인 쪼들림은 없었습니다. 시어머니가 저렇게 거의 드러눕게 되고 노망이 들었어도 욕창 외에 어디가 괴롭거나 아픈 병은 딱히 없어, 다른 노인 분들과 비교해도 특별히 불행하셨다고는 생각하지 않습니다.

최근에는 시아버지도 노망이 나시기 시작했지만 다음 달 생일에는 여든여덟 살로 미수* 축하 잔치를, 이타쿠라에

---

*
米壽, 여든여덟 살을 가리키는 말.

사는 시누이 노리코 씨 가족까지 불러 아주 성대하게 열 거라고 하셨었습니다. 그렇게 힘이 넘치셨는데, 왜 갑자기 저런 짓을 하셨는지 저는 아주 한심한 노릇이라 생각하고 있습니다.

아까 말씀드렸듯이, 저는 도쿄 옛동네* 출신으로 전쟁 중 1945년 3월 10일 도쿄 공습으로 아버지와 오빠를 잃었습니다. 당시 국민학교 4학년이었던 저는 어머니와 야마나시의 지인 댁에 피란을 가서 살았는데, 제가 중학교 2학년일 때 전후에 고생이 많으셨던 어머니도 병으로 돌아가셨습니다. 그 뒤로 저는 도쿄 친척 집에 신세를 지며 고등학교를 졸업했습니다. 취직하고서 남편과 사내 결혼을 했지만 일찍 부모를 여의어 시부모님을 친부모처럼 여기게 되었습니다. 남편과 연애 중에 시댁에 가서 처음 이타쿠라의 시부모님을 뵈었을 때부터 그렇게 생각했고, 결혼하고서도 부모님이 살아 계신 남편이 부러워 시부모님이 장수하시면 좋겠다, 가능하면 제가 수발을 들고 싶다고 생각했습니다. 하지만 익숙한 이타쿠라의 집에서 진딸인 노리코 씨가

---

* 도쿄의 동부 지대를 가리킨다.
에도 시대부터 상공업이 발달한 지역이다.

모시는 쪽이 시부모님께는 가장 행복한 일이라고
생각했었습니다. 일이 이렇게 되고 나니 역시 그쪽이
좋았을 거라고 생각하게 됩니다만, 데릴사위로 들어온
테츠지로 씨와 사이가 좋지 않아 5년 전 이쪽에서 모시게
된 겁니다.

그때 남편은 "둘 다 나이가 드셨으니 길어야
이삼 년이야. 아버지가 돈을 주지 않으면 마이홈을
못 지으니 미안하지만 참고 두 사람을 돌봐 주지
않겠어."라고 했습니다. 이래서는 마이홈 자금을 대
주시는 대가로 모시는 것 같아 마음에 걸리기는 했지만
친부모님이라 여기고 수발을 들어 왔습니다.

돌아가신 시어머니는 성격이 아주 밝은 분으로,
그 무렵부터 노인성 백내장으로 눈이 불편하셨지만
수술하면 낫는다고 본인도 그다지 신경을 쓰지
않으셨습니다. 이쪽에 오시고서는 한 달에 한 번 꼴로
제가 시민병원 안과에 모시고 다녔습니다. 시어머니는
이제 거의 안 보인다고 하시는데, 검사해 보면 시력이
0.4 정도라는 겁니다. 의사 선생님이 "어머님, 아직 잘
보이시잖아요. 악화되지 않았으니 이래서는 수술을
할 수 없어요." 하고 늘 웃으며 말씀하시면 시어머니도
"며느리가 잘 돌봐 줘서 제 눈은 노망이 나지 않는 걸까요,

선생님." 하고 웃어 넘기셨습니다. 그런데 시아버지와
함께 있을 때는 이제 아무것도 안 보인다고 하셨고 정말
아주 안 보이시는 것 같았습니다. 날에 따라 잘 보이는 날,
잘 안 보이는 날이 있겠지만, 텔레비전은 좋아해서 자주
시청하셨고 허리는 굽었지만 지역의 봉오도리* 대회에서
춤을 추기도 하시고, 노인회에서는 민요를 부르기도
하셨습니다. 들풀회에 들어가서서 외출하시기도 하셨고,
최근까지 정원의 들풀은 종종 바라보셨답니다.

이타쿠라 늪의 '수초 따는 노래'요? 어머님이 가장
좋아하셔서서 자주 부르셨죠. 남편이 가마쿠라 산의
연못에서 경찰에게 보호받으셨을 때 일을 말했나요?
그 무렵부터 지팡이를 짚고 혼자서 훌쩍 떠나시고 미아가
되거나 저를 이타쿠라의 노리코 씨로 착각하는 노망이
시작되었습니다.

어머니의 치매가 시작되고서는 곤도 선생님과도
상담하여 치매가 더 이상 심해지지 않도록 마음을 독하게
먹고 돌보았습니다. 예를 들어 시어머니가 '실수'를

---

*
盆踊り, 음력 7월 15일 밤에 남녀가 모여
함께 추는 윤무.

하셔서 '아랫도리'도 돌보게 되었는데, '기저귀'를 차는
쪽이 간편하지만 '기저귀'를 차면 본인이 화장실에 가지
않게 되어 치매가 더 심해진다니까 '실수'를 하면 제가
아이를 야단치듯이 혼을 내고 "어머니, 화장실에 가서
본인이 치우고 오세요." 하고 쫓아내듯이 혼자서 화장실에
가시게 했습니다. 처음에는 아파서 못 움직인다고
어리광을 부리기도 하시고, 화장실 안에서 문을 걸어
잠그고 "우리 며느리는 아주 지독해, 리츠코 씨는 악마야,
나를 죽이려는 거야." 하고 욕을 하기도 하셨습니다.
친딸이라면 모를까 저에게는 정말 견디기 어려운
고통이었습니다. 하지만 무슨 소리를 듣건 어머니를
위해서 엄격하게 대해야 한다, 나만 악역이 되면 된다,
머지 않아 어머님도 내 마음을 알아주실 거라고 믿으며
어머니 응석을 받아 주어 치매가 진행되지 않도록
노력했습니다. 그러다가 어머님도 제 마음을 알아주셔서,
'실수'를 하고 화장실에 틀어박히기는 하지만 '수초 따는
노래'를 부르기도 하시며 화장실에서 나오셨을 때는
삐졌다가도 '엉덩이에 털 난' 어린아이가 어머니의 기분을
맞추듯 비실비실 웃는 얼굴로 "리츠코 씨, 화장실에
있었더니 속이 시원해졌어. 나는 화장실을 좋아해." 하고
농담처럼 말씀하시게 되셔서 웃기도 하고 안쓰럽기도
했습니다만, '실수'도 비교적 줄어들었습니다. 그 외에도
말하자면 끝이 없지만, 이런 '다툼'이 1년 정도 이어졌고

치매가 급격히 악화되는 일은 없었습니다.

아버님도 집에만 계시면 다리가 약해지니 두 분을 위한
장보기는 아버님에게 부탁하거나, 노인회 게이트볼 대회
등에도 나가 보시라고 권하기도 하는 등 저 나름대로
마음을 써 왔습니다.

남편은 제 방식을 알아주었다고 생각합니다. 하지만
시아버지는 이해 못 하셨는지도 모르겠습니다. "리츠코는
독한 며느리다, 왜 우리에게 살갑게 대하지 않는 거냐."
하고 저에게 직접 말은 안 하셨지만 여러 번 남편에게는
말씀하셨으니 뒤에서는 저를 미워하고 계셨던
모양입니다. 다른 곳에 가서까지 제 욕을 하는 일은
없으셨으니 남들이 보기에는 착한 할아버지로 이웃의
평판도 좋았습니다만, 제게는 음험하게 구는 일도 종종
있었습니다.

보통 구부 간은 원만하고 고부 간이 나쁜 것이 일반적인
모양입니다만, 제 경우는 반대였습니다.

실은 작년 9월에 시어머니가 노인 전문 S병원에
입원하셨는데, 이건 시아버지가 남편과 제게는 한마디
상의도 없이 벌이신 일이었습니다. 시아버지가 곤도

선생님은 제대로 약도 안 주니 도통 의지가 안 된다, S병원이라면 설비도 좋으니까 시어머니의 치매도 나을 거라고 하시며 저희에게는 말도 없이 입원 수속을 밟아 거의 억지로 할머니를 입원시키신 것이었습니다. 이것도 저 보라고 하신 일인지도 모릅니다.

하지만 곤도 선생님도 반대하던 입원에서 좋은 일은 하나도 없었습니다. 확실히 S병원은 각종 설비를 갖추고 친절한 간호사의 완전 간호*로 저희 수고가 줄어든 것은 솔직히 말해 한시름 놓았습니다. 하지만 2개월이 지나자 누워만 계시니 다리도 약해지고 욕창도 생겨, 이 입원 때문에 도리어 자리보전하는 노인으로 만들어 버린 것이나 마찬가지였습니다. 이렇다 할 치매 치료가 있는 것도 아니고, 치매에 걸린 많은 노인 환자는 종이 '기저귀'를 차고 침대에 누워 있든가 복도를 왔다 갔다 하는 정도였습니다. 중증 병동에 입원한 분들은 거의 가족의 병문안도 없고, 병문안 하러 손님이 와도 그 사람이 피를 나눈 자식이나 손자인지, 누군지도 알아보지 못했습니다. 그래서 병문안을 오던 육친도 자연히

---

* 일본은 간병인제가 없고 간호사가 환자를 돌본다.

소원해져, 개중에는 가끔 병원에 전화만 해서 "아직
건재하신가요?" 하고 묻기만 하는 사람도 있었습니다.
이런 사람들에 대해 의사 선생님들과 친절하게 돌봐
주는 젊은 간호사들은 분개하셨죠. 어찌 됐든, 자신의
변을 보고 된장이라고 핥기도 하고, 화장실 거울에
비친 자신을 남이라고 생각하고 두려워하는 중증 병동
노인들의 모습은 귀한 생명을 겨우 유지하고 있는 것뿐인
지옥 같았습니다. 어머니도 입원시키면 머지 않아 중증
병동으로 이동될 것이 뻔했습니다.

더구나 어머님 입원 중에 아버님은 혼자시니, 식사 등을
전부 본채 쪽에서 저희들과 하게 되었고, 집안일에서
완전히 손을 놓으신 탓인지 아버님까지 치매가 시작되어
작년 11월 말에는 이런 일이 있었습니다.

그날은 한 달에 한 번 하는 꽃꽂이 연구회가 있어서 저는
도쿄에 가 집이 비었습니다. 그래도 아버님께 저녁을
차려 드리기 위해 친구와 차도 한잔 못 마시고 급히 집에
놀아왔는데 유서 같은 메모가 남겨져 있고 아버님이
보이지 않았습니다. 그 메모에는 자신은 나이 먹은
외톨이로 쓸쓸하다, 죽고 싶다, 빨리 죽고 싶다, 하고
반복해서 적혀 있었습니다.

전에 가마쿠라 산 연못 일도 있었으니 저희는 아버님이
이타쿠라에 갔을지도 모른다고 짐작은 했습니다. 그래도
어머님이 계신 병원에 가셨을지도 모른다고 생각해 우선
병원에 연락했지만 안 오셨다고 해서, 이타쿠라의 노리코
씨에게 전화를 걸었습니다.

그런데 이타쿠라 집에도 안 오셨다고 하니 경찰에
신고하는 쪽이 좋을지 남편과 연락해 상의하고, 다카오와
나오코는 각각 오후네 역이나 홍고다이 역으로 나뉘어
짐작 가는 곳을 닥치는 대로 찾아다녔습니다. 남편도
회사에서 서둘러 돌아와서 밤 11시쯤까지 각자 찾아
헤맸습니다. 혹시 모르니 경찰에 실종 신고를 해야 할까
고민하고 있을 때, 이타쿠라의 노리코 씨에게서 아버님을
찾았다는 전화가 왔습니다.

남편, 저, 아이들 모두 몸에서 일제히 힘이 빠지는
심정이었고, 다카오는 바닥에 주저앉았습니다.
노리코 씨가 전화로 말하기로는 아버님이 온몸에
흙투성이로 묘지에 있었다는 것이었습니다.
"이봐, 묘지에 있었다니 무슨 소리야, 노리코!"
남편이 수화기를 향해 소리를 질렀습니다.
아버님은 당신 부모님과 아들들이 묻혀 있는 가까운
절의 선조 대대로 묻힌 묘석 곁에, 창고에서 꺼낸 괭이로

구멍을 파고 그 구멍 안에 앉아 있었다는 겁니다. 절에서 일하시는 분이 우연히 묘지를 지나가다 발견하셨는데, 어둠 속에서 구덩이 안에 웅크리고 있는 아버님을 보고 유령인 줄 알고 주저앉을 정도로 깜짝 놀라신 모양입니다. 아버님은 반야심경을 읊으며 파낸 흙을 손으로 끌어모아 자기 몸에 끼얹고 계셨다고 합니다.

이때 노리코 씨와 테츠지로 씨는 저를 심하게 비난했습니다. 제가 못된 며느리라 아버님이 이런 짓을 한다는 소리까지 들었습니다. 입 밖으로 내지는 않았지만 남편도 그렇게 생각했는지도 모릅니다.

하지만 저는 견디기로 했고 곤도 선생님께 여쭤보자, 그런 행동도 노인 치매 증상의 하나라고 말씀하셔서 아버님을 탓할 생각은 조금도 없었습니다. 당사자인 아버님도 노리코 씨가 집에 데려다주자 고향 묘지에 구덩이를 파고 웅크리고 있었던 일 따위는 기억 못 하는 듯이, 갑자기 양친과 아들들에게 참배가 하고 싶어져 다녀왔다고 하셨습니다. 무단으로 외출해서 미안하다고 사과하실 정도였습니다.

그런 일도 있었으니 어머님을 입원시킨 채로 아버님을 혼자 남기는 것은 역시 안 좋은 것 같다고 남편과

상의해서, 아버님께도 잘 말씀드려 작년 연말에
어머님을 퇴원시켰습니다. 하지만 이미 병원의 방식에
익숙해지셔서 몸도 완전히 쇠약해진 데다 욕창까지
생긴 어머님을 하루아침에 이전에 제가 하던 방식으로
돌봐 드릴 수는 없었습니다. 이제 아침저녁 식사와 입욕,
몸을 닦는 수발까지 제가 하게 되었습니다. 어머님이
돌아오시고서부터는 아버님의 치매도 그 이상 진행되지
않아 이전만큼은 아니었지만 올해는 비교적 평온한
날들이 이어지고 있었습니다.

6

모리모토 리츠코의 진술(이어서)

어머님이 돌아가신 그제에 관해서요?
금요일은 오후부터 본채에서 주 1회 하는 꽃꽂이 강좌가
있는 날이었습니다. 오후 4시에 끝나 뒷정리를 하고 저는
시부모님의 식사 준비를 시작했습니다. 아버님은 스모를
좋아하시는데 텔레비전에서 스모 중계 방송을 해서 그게

끝나고 바로 저녁을 먹었습니다. 스모가 없을 때에는
5시쯤에 배고프다고 하시니까 겨울에는 5시쯤, 여름에도
5시 반이나 6시에 저녁 식사를 하시거든요. 저희는 7시쯤
저녁 식사를 하니까 두 분 몫을 먼저 만들어 드리는 거죠.

그제도 어머님 드릴 '죽'을 끓이고 목욕물을 받아 아버님
먼저 목욕하시라고 하고 저는 어머님 몸을 따뜻한 물로
닦아 드렸습니다. 입원 전에는 매일 목욕을 하셨지만
퇴원 후는 욕창 상처가 있으니 입욕은 3일에 한 번
정도 하고 매일 닦아 드렸습니다. 겨울에도 날씨가
좋은 날은 툇마루에 앉아 일광욕을 하시고 봄이 되고는
되도록 정원을 걷거나 휠체어에라도 앉아 산책을 하게
해서 욕창도 많이 좋아지셨었는데, 장마가 시작되자
또 악화되었거든요. 등뼈와 엉덩이뼈가 튀어나와 있는
부분에 마치 분화구 같은 욕창이 생겨 고름이 났습니다.
우선 그곳을 깨끗하게 소독하고 약을 바른 뒤 뜨거운
수건으로 온몸을 마사지하듯이 닦아 드렸습니다. 물론
그 전에 '기저귀'를 갈고 그쪽도 깨끗하게 닦아 드립니다.
아니요, 이미 익숙해져서 아기를 돌보는 것과 같아요.
요즘에는 부쩍 여위시고 체중도 가벼워져 하루하루
생명의 무게조차 깎여 나가는 것만 같아 슬펐습니다만,
어머님은 순한 아기처럼 가만히 계셨습니다. 그리고 제게
두 손을 모으고 "고마워, 고마워." 하고 염불을 외듯이

중얼거리셨습니다. 목욕을 시켜 드릴 때는 그 중얼거림이
어느 사이엔가 이타쿠라 늪의 '수초 따는 노래'로 바뀌어
마치 욕탕 물이 늪의 물이라도 되는 듯 주름진 손을 작은
노처럼 휘저으며 수초를 따던 아가씨로 되돌아간 것
같았습니다. 그리고 때로는 꿈이라도 꾸는 듯이 눈을
지그시 감은 채 웃는 얼굴로 옛날 이야기를
해 주실 때도 있었습니다.

그제는 손을 모아 제게 인사를 하시고는 "기분이 너무
좋아 죽을 것 같아. 이런 기분으로 죽고 싶구나, 노리코."
하고 평소처럼 저를 노리코 씨와 착각하셨지만,
"미안하지만, 오늘 밤도 찬 물을 놋대야에 담아 머리맡에
놔 주렴." 하고 분명한 말투로 말씀하셨습니다.

몸에 열이 많은 체질인 어머님은 장마가 시작되자 밤중에
땀이 나서 몸이 가렵다고 하셔서 아버님이 머리맡에 있는
물로 몸을 닦아 주셨습니다.

머리맡 다다미가 젖어 있는 걸 보셨나요? 네, 그건 세면기
물을 흘린 거랍니다. 다음 날 아침 아버님이 알려 주셔서
어머님 계신 곳에 갔을 때 세면기 물이 꽤 흘러 있어
치우고 닦았지만 다다미는 아직 젖어 있었던 거겠죠.

실은 세면기를 머리맡에 두게 되고부터 어머님이 몸을
내밀어 세면기 물을 들여다보며 혼잣말을 하시는 일이
종종 있었습니다. 무얼 하시는지 여쭤보니 빙그레 웃으며
"료지와 이야기하고 있단다." 하고 말씀하셨습니다.
"봐라, 겐이치로도 왔어. 돌아가신 우리 아버지도……."
그렇게 말하고 아무도 없는 방구석을 향해 꾸벅 인사를
하시기도 했습니다.

세면기 물은 어둡고 조용했습니다. 잔잔한 물거울 수면에
어머님 얼굴이 약간 비칠 뿐이었지만, 어머님은 전사한
아들들이나 일찍 돌아가신 부모님, 선조들의 모습을 보고
계셨던 거겠죠. 밤중에 그러고 계시면 솔직히 소름이
끼쳤지만, 불편한 눈으로 물거울에 비친 죽은 육친들과
이야기를 나누며 당신의 처녀 시절의 흔적을 찾으려고
하셨는지도 모릅니다.

이야기 순서가 바뀌었지만, 몸을 닦아 드린 뒤 저녁
식사를 가져와 아버님께 같이 드시라고 하고 30분
성도 지나 다시 별채에 갔습니다. 이미 저녁 식사는 다
끝났고 아버님이 식후 복용하는 약을 어머님께 먹이고
계시던 참이었습니다. 곤도 선생님은 약은 거의 필요
없다고 하셨지만, 아버님은 여러 약을 어머님에게 먹이지
않으면 안심하지 못하셨어요. 그날 밤도 위약이니 뭐니

곤도 선생님께 억지로 부탁을 드려 받은 색색의 캡슐과
가루약을 먹이고 계셨습니다.

저녁 식사요? 시부모님 두 분 다 식욕은 있으셔서 그제
저녁은 조린 생선하고 두부와 채소 반찬이었는데,
어머님은 손도 대지 않으시고 밥그릇 가득 '죽'만
드셨습니다. 지금 생각하면 어머님은 그때부터 죽음을
각오하셨던 건지도 모르겠습니다. '죽' 한 그릇을 한
방울도 남기지 않고 깨끗하게 다 드시고 "리츠코 씨,
아주 맛있었어요." 하고 제 이름을 말하고 두 손을
모으셨습니다. 그때가 6시에서 6시 반 사이였습니다.

아버님은 어머님이 입원하시고부터 잘 못 주무신다고
자기 전에 소주에 따뜻한 물을 반컵 정도 타서 드시는
습관이 생겼죠. 그제도 저녁 식사 후에 텔레비전을
보면서 그걸 드셨습니다. 저는 별채 부엌과 욕실 가스를
잠그고 두 분에게 안녕히 주무시라고 인사하고 본채로
돌아왔습니다. 그것이 7시 뉴스 다음에 일기 예보를
하던 때였습니다. 8시가 조금 지나 별채 텔레비전
소리가 너무 커서 나오코를 보내 소리를 줄여 달라고
했습니다. 아버님이 귀가 잘 안 들리시니까 텔레비전
소리를 너무 크게 틀어 근처에 폐를 끼치는 바람에 가끔
주의를 드리는데요, 제가 말하면 기분 나빠하셔서 그제는

나오코를 시켰습니다. 9시가 지나 그 텔레비전 소리도
안 들리고 불도 꺼져 있었습니다. 저희 집에 오시고서는
9시에는 주무시는 것이 시부모님 습관인데, 그제도
별채는 쥐 죽은 듯 고요했습니다.

빗발이 심해진 10시 무렵에 저는 거실에서 나오코와
텔레비전을 보고 있어 별채에서 일어난 사건을 눈치채지
못했습니다. 그때 어머님 상태를 보러 가면 좋았을 텐데,
후회가 됩니다.

제가 이층 침실에 들어간 것은 12시 조금 전이었을까요.
금요일 밤은 늘 남편의 귀가가 늦어서 먼저 잠들곤
했습니다. 아침부터 차로 학교에 갔던 장남 다카오는
11시가 넘어 전화로 도쿄의 친구네 하숙집에서 자고
온다고 해서 문단속을 하고 잠들었습니다. 네, 연결
복도 유리문과 미닫이문은 어제도 말씀드렸지만 잠그지
않았습니다.

나오코 역시 이층에 있는 자기 방에서 음악을 들으며
공부를 하고 있었던 것 같습니다. 저는 피곤해서 침대에
눕자마자 바로 잠들었다가 천둥 소리에 깼는데, 그때가
2시 10분 전이었습니다. 아직 멀리서 울리는 천둥
소리였지만 벼락이 번쩍이고 빗발도 심해서 무서울

정도였습니다. 그때 남편은 아직 돌아오지 않았었고, 이윽고 남편이 귀가한 건 2시 20분이 지나서였습니다. 현관 밖에서 사람 목소리와 택시 문 닫히는 소리가 나고 개가 짖어서 남편이 이웃 분과 함께 돌아온 걸 알았습니다. 그때 머리맡에 있는 시계를 보아서 시간을 정확하게 기억하고 있습니다. 네, 아래층에는 내려가지 않았습니다. 계속 침대에 누워 있었지만, 베개에 귀를 대고 있으면 아래층 소리가 다 들려서 남편이 샤워를 하는 걸 알았습니다. 아니요, 남편이 별채에 가는 것 같지는 않았습니다.

실은 한 번 잠이 들었다가 깨고서는 뇌우 때문도 있지만, 부끄럽지만 열이 올라 잠들지 못했습니다. 더구나 그날 밤은 전부터 생각하던 말을 할까 말까 고민한 탓에 신경이 곤두서 아래층 남편의 움직임을 손에 잡히듯이 알 수 있었습니다.

샤워 소리가 그치자 곧 취한 남편이 나른한 발걸음으로 계단을 올라와 침실에 들어왔습니다. 그때 저는 잠든 척을 하고 있었습니다. 남편은 침실에 들어오자 까치발을 하고 어둠 속에서 손으로 더듬으며 침대로 와 머리맡 스탠드도 켜지 않고 누워 어둠을 뚫고 제 쪽을 바라보고 있는 것 같았습니다.

"이제 왔어? 비가 많이 오네."

제가 그렇게 말을 걸었습니다.

"뭐야, 깨 있었어?"

그렇게 남편이 답하고 한동안 대화를 나누었습니다.

남부끄러운 일이라 말씀드리기가 좀 그렇습니다만, 실은 작년 어머님 입원 전에 남편에게 친한 여자가 있다는 걸 알고 남편과 다툼이 있었습니다. 그 후 제 마음에 변화가 생기기도 했고 그 여성과 남편도 헤어져서, 지나간 일로 남편을 탓할 마음은 없었는데 그제 밤은 몸이 말을 안 들었달까요, 그만 불평을 입에 올려 버렸습니다.

"시부모님은 나한테 떠맡기고 당신은 참 편하겠어. 밤 늦게까지 술도 마시고 여자랑 바람도 피울 수 있으니." 그런 소리를 해 놓고 곧 하지 말 걸 싶어 스스로가 비참하게 느껴졌습니다. "이미 다 끝난 일을 다시 끄집어내지 마." 하고 남편도 기분 나쁜 듯이 말했지만, 저 스스로도 싫은 기분이 되살아났습니다. 속마음은 다른 얘기를 하고 싶었거든요.

솔직히 말씀드리면 하루라도 빨리 시부모님 수발에서 해방되고 싶다고 생각했습니다. 저 자신의 자유를 원하지 않았다고 하면 거짓말이겠지요. 그 일로 고민하던 시기가 있었습니다. "너도 자유롭게 지내면 된다, 좋아하는 꼿꼿이도 하고 있잖아." 남편은 그렇게 말하곤 했죠.
하지만 그것은 시부모님 돌봄 사이에서 겨우 짜낸 빈
시간입니다. 저도 내년에는 나이가 쉰입니다. 딸인
나오코도 내년에는 대학 입시니까 그게 끝나면 저의
육아도 끝나는 깃과 마찬가지죠. 이제 아이들 일은
마음을 놓아도 시부모님을 돌볼 책임이 남아 있는데,
저의 50대에 어떤 자유가 있다는 걸까요. 아는 분
중에는 자기 나이가 예순이 지나 노인이 되고서도,
장수하시는 부모님의 수발을 드는 분도 많이 계십니다.
부모 자식이 양쪽 다 노인이 되어 함께 무너져 내리듯
살아가는 겁니다. 이대로 시부모님이 장수하시면 그건
제 얘기이기도 한 거죠. 제 경우는 자진해서 맡은 것이니
아주 싫다고 할 수는 없습니다만, 육아를 끝내고서 새로운
삶의 방식을 찾아야 하는 50대를 희생하는 건 견디기
힘든 일입니다.

실은 남편도 그 일로 고민하고 있었습니다. 남편 회사도
올해로 정년이 예순 살로 연장되기는 했습니다만, 쉰다섯
살에는 관리직도 끝나고 급료도 60퍼센트로 줄어듭니다.
그 시기를 불과 4년 앞두고, 더구나 남편 나이는 어느
회사나 그렇지만 '명퇴' 시기여서 앞으로 어떻게 살아가야
할지 남편도 고민하고 있었습니다. 그제 밤은 앞으로의
삶에 대해 이야기하고 싶다고 생각하고 있었던 겁니다.

제가 남편의 여자 문제를 다시 입에 올리자 남편은 입을
다물어 버렸습니다. 완고한 데가 있는 것이 아버님을
꼭 닮아, 저는 더 밉살스러운 소리를 했습니다.
"당신이 그러면 나도 어머님처럼 눈이 안 보이게 될 거야.
당신을 보고 싶지 않으니까, 눈이 안 보이게 되는 거라고."
"바보 같은……. 괜한 소리 하지 마."
남편은 내뱉듯이 말했습니다만 남편도 내심은
어머님의 불편한 눈은 반쯤 심리적인 것이 아닐까
생각하고 있었습니다. "아버지는 여자 문제로 엄마
속을 썩였으니까. 형들이 전사했다는 소식이 왔을 때도
아버지는 쓸쓸함을 여자로 풀고 있었으니 말이야. 형들의
죽음도 그렇지만, 엄마는 보고 싶지 않은 괴로운 일이
너무 많았지. 보고 싶지 않다, 보고 싶지 않다, 하고
생각하다가 눈이 아예 안 보이게 되었는지도 몰라."
남편도 그렇게 말했었죠.
"나도 어머님처럼 눈이 안 보이는 쪽이 좋아.
그쪽이 편하니까……." 저는 그렇게 중얼거렸습니다.
어머님은 눈이 안 보이는 척을 하고 아버님에게 어리광을
부리고 있었는지도 모르겠습니다. 아뇨, 아버님 앞에서는
맹인이 되어 수발을 들게 함으로써 이제까지의 복수를
하고 계신지도 모릅니다. 아버님보다 먼저 치매에 걸리신
것도, 어쩌면 그런 마음 때문인지도 모릅니다. 아버님은
그것에 대항하듯이 어머님을 모르는 척하고 싶어서 귀가

먹으신 것은 아닐까요. 실제로 안 들릴 터인 아버님이
제 높은 목소리만이 아니라 남편의 낮은 목소리까지 잘
알아들으실 때가 있습니다. 별채 전화가 울려도 잘 못
들으셔서 어쩔 수 없이 같은 회선을 사용하고 있는데요,
저나 남편이 무슨 얘기를 하고 있는지 별채 수화기를 귀에
대고 엿들으시는 일이 종종 있습니다. 그러면서 평소에는
저렇게 귀가 먹었다고 하시고, 때로 어머님 목소리는 못
알아들으시죠.

이야기가 옆길로 샜습니다만, 저와 남편은 종종 말없이
있다가도 어느 쪽이고 할 것 없이 우리의 죽음에 관해
이야기했습니다. 그날도 저희 부부는 50대, 60대의 삶에
대해 이야기하며, 장수해서 치매에 걸리면 아이들에게는
알리지 말고 조용히 죽고 싶다고 말했죠. 그때 별채에서
아버님은 당신 손에 돌아가신 어머님에게 매달리듯이
함께 주무시고 계셨는데, 그런 일은 꿈에도 모르고 격한
뇌우 소리를 들으며 이야기하고 있었습니다. 저희가 잠든
건 뇌우가 그친 새벽이었습니다.

어머님이 아버님에게 죽여 달라고 부탁하셨는지,
저는 모르겠습니다. 빨리 편해지고 싶다고는 자주
말씀하셨지만……. 혹은 어머님에게 부탁을 받고
아버님이 어쩔 수 없이 그 소원을 들어주셨다,

그러셨는지도 모릅니다. 그래도 역시 죄가 될까요?

하지만, 형사님. 어머님은 60년이나 함께 하신 아버님 손으로 편안해지셨으니 행복하실 거라고 생각합니다. 남편도 그렇게 생각하리라 믿습니다. 달리 어떻게 죽을 방도가 있었을까요? 병원에서 치매로 죽는 것은 싫다고, 몇 번이나 말씀하셨어요.

아버님과 면회는 가능할까요? 오늘 밤은 어머님의 통야*를 조용히 지내려고 합니다. 이타쿠라의 노리코 씨 부부도 와 주셨다고, 형사님이 아버님께 전해 주세요.

---

*
通夜. 장례식 과정 중 고인과 하룻밤을 함께 보내는 날이다.

제

2

장

1

그날 아침 모리모토 료사쿠의 진술은 "나도 빨리 죽고 싶다, 당장 죽여 다오, 죽은 할멈 곁으로 가고 싶다, 가게 해 다오." 하고 몽롱한 표정으로 무기력하게 호소한 것 외에 기록할 만한 말은 없었다. 다음 달 가족과 함께 미수를 축하했을 터였던 노인은 취조실 책상에 달라붙어 있었다. 그는 몸을 끊임없이 가늘게 떨며 고개를 저었고, 그제 밤 아내의 목을 졸랐던, 관절이 불거지고 검버섯 핀 두 손은 경련하고 있었다. 그는 삶과 죽음의 경계에서 헤매고 있는 듯한 초점이 없는 눈으로 자신의 손을 바라보며, 그 소리만 반복했다.

하지만 겁에 질린 표정 안쪽에서는 때때로 교활한 노인의 면모가 엿보였다. 료사쿠는 귀가 먹은 척을 하면서 다가미 형사의 말을 다 알아듣고 있는지도 몰랐다. 다가미는 짜증이 났지만 어린아이를 달래듯이, 다츠에게 부탁받은 범행이었는지, 다츠 자신이 죽고 싶어 자살하려고 했는지, 촉탁 살인과 자살 방조를 놓고 반복해서 물었다. 그럴 때마다 료사쿠는 멍한 표정으로 돌아갔고 다가미의 질문에 답하지 않았다. 죽고 싶다고는 하지만 범행 후 자살을 꾀했는지도 확실하지 않았다.

다가미는 15분 만에 취조를 끝냈다.

어젯밤 한숨도 자지 못했는지 초췌해진 노인은 짧은 시간의 취조에도 오랫동안 농사를 지어 뼈대가 굵은 커다란 몸집이 흡사 반으로 줄어든 것처럼 보였다. 의사는 료사쿠의 혈압을 재고 영양제와 정신 안정제를 주사했다. 지금은 유치장 침대에서 특별히 붙여 둔 여경이 지켜보는 가운데 잠들어 있으리라.

다가미는 모리모토 요시오와 리츠코의 진술 조서를 책상 서랍에 넣고, 문득 신경이 쓰여 파일을 꺼내 모리모토 다츠의 부검 보고서를 훑어보았다.

현경 검시의인 가타야마 집도의의 보고서는 간결한 문어로 다음과 같이 쓰여 있었다.

성명 : 모리모토 다츠, 1900년 10월 4일생.

연령 : 83세.

성별 : 여성.

혈액형 : A형.

사망 장소 : 자택 별채 방 안.

발견 일시 : 1984년 7월 14일 오전 6시경.

사망 연월일 : 1984년 7월 13일 오후 10시부터
　　　　　　　익일 14일 오전 3시 사이.

사인 : 액살.

부검 소견 : (외부 소견)

1. 경부에 표피 박탈 및 피하 출혈이 동반된 액흔.

1. 안면에 울혈.

1. 안구 결막에 뚜렷한 일혈점(溢血点).

　　　　(내부 소견)

1. 뇌동맥경화 및 노인성 뇌수축.

1. 완전히 소화되지 않은 쌀밥에 섞인 액상 위 내용물.

　수분이 다소 많음.

1. 대동맥 경화 확장.

1. 동맥경화성 위축콩팥, 중소동맥경화.

　　　　(그 외)

신장 : 148센티미터. 체중 : 38킬로그램. 갸름한 얼굴,

　　　흰 피부, 여윔, 흉추후만.

등과 둔부에 화농*한 욕창 2개소.

흉부 피부 등에 찰과상 수개소.

등에 뜸 뜬 흔적 2열 각 4개.

부검 보고서 본문은 여기까지였다. 그 다음에는 집도 연월일 시각과 담당 집도의 서명 날인이 있었다.

　어젯밤에도 이것을 훑어본 다가미는 다시 한번 읽다가 사망 시각과 해부 소견 중 위 내용물이 눈에 들어왔다. 사망 시각은

---

*
化膿. 곪아서 고름이 생김.

전날 밤 10시부터 이튿날 오전 3시까지였다. 리츠코의 진술에 따르면 '죽'을 먹은 것이 오후 6시에서 6시 반 사이니 식후에 차를 마셨다고 해도, 그리고 리츠코가 7시쯤 저녁 식사 상을 치웠을 때 약을 물과 함께 먹게 했어도, 다츠의 위에 30분이면 충분히 소화될 수분이 많은 '죽' 알갱이가 남아 있다는 것은, 사망 시각이 저녁 식사 이후 그리 긴 시간이 지나지 않았을 때라는 의미였다. 하지만 가타야마 집도의는 사망 시각을 오전 3시까지로 상당히 넓게 잡았다. 피해자의 위 내용물로 추정한다면 사망 시각이 저녁 식사 후 9시간이 지난 오전 3시까지라는 건 모순이지 않을까.

가타야마 씨가 실수를 할 리는 없을 텐데…….

머리가 벗겨진 베테랑 검찰의의 얼굴을 떠올리며 다가미는 평소 버릇대로 콧잔등에 손을 댔다. 그 의문과는 상관없이 문득 그의 뇌리에 다츠의 머리맡에 놓여 있었다는 세면기 물이 어두컴컴한 늪의 수면처럼 떠올랐다. 일어나지 못하고 자리보전하던 눈이 불편한 노파가 물거울로 삼은, 전사한 아들이나 죽은 가족의 모습을 비쳤다는 물. 다츠는 그날 밤에도 이불에서 몸을 일으켜 자기 얼굴이 비치는 그 물거울을 들여다보고 있었던 것일까. 그 물은 또한 전신이 간지럽다고 호소하던 다츠의 야윈 몸을 료사쿠가 수건을 짜서 닦아 주던 물이었다. 세면기에서 흘러 떨어진 물이 다다미를 적신 것은 그때였을 것이다. 머리맡의 습한 다다미를 만졌을 때 느낀 축축한 감각이 손바닥에 들러붙듯이 되살아났다. 다가미는 일순 피해자의 위장 속에 남아 있던 수분을 만진 것 같은 기분이 들어 무심코 자기 손을 바라보았다. 손을 바라본다고 의문이 해소되지는 않았다.

　다가미는 쓴웃음을 짓고 가타야마의 자택 전화번호를 수첩에서 찾아 다이얼을 돌렸다. 일요일이니 가타야마는 자택에 있을 것이다. 호출음이 시끄럽게 울렸다. 집을 비웠는지도 모른다. 부검 보고서를 본 어젯밤에 확인했어야 했다. 포기하고 수화기를 내려놓으려고 했을 때 가타야마가 전화를 받았다. 졸린 목소리였다.

　가족은 외출하고 자신은 낮잠을 자고 있었다고 했다.

　그는 "안 그래도 자네가 전화할 것 같았어. 하지만 휴일에 모처럼 낮잠을 자고 있을 때 전화할 줄은." 하고 말하며 웃었다.

　　"저는 부처님 손바닥 안이로군요. 모리모토 다츠의
　　　사망 추정 시각에 관해서 말인데요."
　　"위장 내용물과는 모순된다고 하고 싶은 거지?"
　　"뭐 그런 거죠. 선생님도 참 나쁘세요."
　　"한마디 설명해 두면 좋았겠지만, 그 피해자의 경우에는
　　　그렇게 추정할 수밖에 없었어."
　　"그 설명을 듣고 싶습니다."
　　"이봐, 심문하는 건가? 기분이 안 좋은 모양인데,
　　　위에 나쁘다고. 어젯밤에도 제대로 안 잤지?"
　　"할아버지의 진술을 받지 못해서 애먹고 있는데,
　　　사망 시각이 신경 쓰여서요."

다가미는 리츠코가 진술한 다츠의 저녁 식사 시간을 가타야마에

게 이야기했다.

"그 저녁 식사 시간에 따르면 오후 10시 전후가
정답이겠지만, 저 피해자처럼 위가 상당히 약해진
노인의 경우는 장시간 소화되지 않은 잔존물이
남아 있는 경우도 있어서 교과서대로 추정할 수 없어."

가타야마가 이야기하기 시작했다.

"더구나 저 피해자의 경우 액살인 건 분명하지만
사망 시각을 확정할 수 없어. 즉 할아버지가 목을 졸라
즉사했다고 생각할 수는 없는 거지. 할아버지가 약한
힘으로 몇 번 조른 모양이지만, 할머니는 장시간 숨이
붙어 있었던 게 아닐까. 혹은 심장은 움직이고 있었는지도
모르지. 실은 해부하고 놀랐는데 전체 기능은 노화했지만
의외로 튼튼한 몸이라, 심장도 나이에 비하면 젊더군.
어디가 딱히 나쁜 것도 아니고, 내장과 뇌는 노화했어도
저렇게 되지 않았으면 자리보전하는 치매 노인인 채로
상당히 오랫동안 살았겠지. 뭐, 끈질기게 살아남는
체질이라고 할까."
"할아버지에게 목을 졸리고도 죽지 않고 끈질기게
살아 있었던 겁니까?"
"그렇게 생각할 수 있지. 자네도 알다시피, 뇌사와 호흡사

그리고 심장사 사이에는 시차가 존재해. 저 피해자의
경우는 목을 졸려 호흡과 심장은 정지했지만 그 뒤에
할아버지가 흔들어서 심장과 폐가 다시 움직였는지도
모르고, 호흡과 맥박은 멈춘 듯이 보여도 뇌 쪽은 완전히
죽음에 이르지 않았는지도 모르지. 임상의라면 그 자리에
입회하니 파악할 수 있지만, 나 같은 직업은 사후 꽤
시간이 지난 피해자를 봐야 하니 사망 시각을 넓게 잡을
수밖에 없어. 저 피해자는 몸은 사망 상태가 되었지만
뇌 쪽은 아직 살아 있었다고 짐작되는 바가 있어. 이건,
오랫동안 이런 일을 하면 시체가 속삭여 준달까, 일종의
감 같은 건데, 가사(假死) 상태로 오랫동안 살아 있었다고
판단하지 못할 것도 아니야. 원념 같은 것 때문에 뇌는
살아 있었는지도 몰라. 어쩌면 가사 상태에서 무의식
중에 머리맡의 물을 마셨을지도 모르지. 그렇게 생각하면
위장의 수분과 모순되지 않아. 그 부분만 강조하면
'익사'라는 소견도 가능하거든."

"같은 질식사라도 많이 다른데요."

다가미는 수화기를 향해 무심코 목소리를 높였다. '익사'라면 자
살을 생각할 수 있다.

익사의 범위는 넓다. 물에 빠진 경우만이 아니라, 예를 들
어 취해서 물웅덩이에 코를 박고 죽은 경우도 익사였다. 모리모
토 다츠는 머리맡 세면기에 얼굴을 박고 사망한 것은 아닐까. 세

면기 물로 다다미가 젖은 것은 그 때문이 아닐까.

스스로 그렇게 했는지, 혹은 목을 졸리고도 죽지 못한 다츠를 료사쿠가 눌러 세면기에 얼굴을 밀었을까.

만약 그렇다면 어느 쪽이건 다츠의 머리카락이나 얼굴이 젖었을 터였다. 아니, 겉으로 보이는 유일한 특징으로 다츠의 사체 입과 코에서 작은 회백색 거품이 흘러나왔을 터였다. 법의학에서는 용상(茸狀)포말 혹은 세소(細小)포말이라고 부르는 이 거품은 익사자의 절반 가까이에서 발견할 수 있는 것인데, 폐 안에 침입한 액체가 이윽고 폐포를 찢고 다시 입이나 코로 돌아오는, 인체 생명 반응의 슬픈 찌꺼기다. 그러나 처음 현장에서 피해자를 보았을 때 그런 것은 없었다. 못 본 게 아니다. 불그스름한 입술이 약간 말려 올라간, 미소를 띤 듯한 그 입가에는 거품이라고는 전혀 묻어 있지 않았다. 검시관도 보지 못했다. 아니면 모리모토 리츠코나 료사쿠가 닦아 버렸을까.

"만약 '익사'라고 하면, 그것을 증명할 해부 소견은
    없었나요?"

다가미가 약간 성급하게 물었다.

"그건 없었지. 익사도 액살이나 교살과 마찬가지로
    질식사지만, 알다시피 익사의 경우에는 안구 결막에
    점출혈이 보이는 일이 많으니까. 저 피해자는 액살 증거인

점혈이 명백했고, 폐에 수분은 확인할 수 없었어. 경부에
액살의 지문이 남아 있었으니 액살임이 틀림없네. 액흔의
지문 검출은 못 했지만 할아버지가 자백했으니 익사는
있을 수 없어. 가슴의 피부에 찰과상이 몇 군데 있는 건
간지러워서 긁은 흔적이야. 이거, 익사일지도 모른다느니
괜한 소리를 하는 게 아니었군."

"아뇨, 큰 참고가 되었습니다. 하지만 목을 졸려도
뇌가 살아 있을지도 모른다는 건 깊이 생각하게 되는
이야기군요. 저 피해자는 노인성 치매로 뇌는 노화했는데
그 몽롱한 뇌가 호흡과 맥박이 멈춘 뒤에도 살아
있었다니……."

다가미는 수화기를 잡은 채로 한숨을 쉬었다.

모리모토 다츠는 천둥도 치고 비가 쏟아지는 밤에 오랫동
안 함께 살아온 남편에게 목을 졸려 살해당했다. 생사의 기로에
서 노화된 머리로 옛 고향의 경치를 떠올리고 있었을까. 편안했
던 저 마지막 얼굴은 남편에게 살해당하는 것을 기뻐하며 고향의
민요를 흥얼거리던 노파의 웃음을 담은 얼굴이었을까.

휴일 낮잠을 업무 전화로 방해받은 가타야마 쪽은 마침 좋
은 대화 상대를 찾았다는 듯이 최근 문제가 되고 있는 죽음의 정
의를 이야기하기 시작했다.

전통적인 죽음의 기준인 심정지, 호흡 정지보다 뇌파의 정
지에 의한 뇌사를 중시하게 된 것은 최근 급속도로 발달한 장기

이식 수술과 생명 유지 장치에 의한 죽음 판정 때문이었다. 그러나 장기 이식 제공자 측의 이해도가 높아졌다 해도, '죽음의 정의'를 법률 조문에 넣은 나라는 미국 캔자스주 등을 제외하면 세계적으로 보아도 매우 드물었다. 일본에서도 죽음의 확인은 전부 의사의 판단에 달려 있었다.

> "뇌사로 판단할지, 심정지, 호흡 정지로 판단할지는
> 담당 의사의 재량인 거지. 뭐, 무서운 얘기지만
> 더 무서운 건 죽은 사람의 몸을 활용해 효과적으로
> 장기 이식을 하기 위해서, 뇌사 개념이 더 널리 퍼지게
> 되었는지도 모른다는 점이야."

가타야마는 그렇게 말했다.

> "뇌사만으로 죽음을 정의하면 아직 심장이 움직이고 있고
> 숨도 붙어 있는데 의사에 따라서는 죽은 사람이 되는
> 거니까. 하지만 뇌 기능의 정지도 확실한 죽음이라고
> 본다면, 고통스러운 병고를 견디는 혹은 아무것도 모르는
> 식물인간으로 목숨만 붙어 심장과 호흡 정지를 기다리는
> 비참한 일은 사라질 거야. 그 부분에서 죽을 권리를 놓고
> 안락사, 존엄사가 쟁점이 되는 거라네. 미국 뉴저지주의
> 카렌 재판이 그렇지. 그녀는 분명 1975년 4월 의식불명
> 상태가 되어 인공호흡기를 달고 21세에 식물인간이

되었어. 부모가 더 이상 딸의 모습을 지켜볼 수 없어 편안하게 죽을 권리, 인간으로서의 존엄사를 달라는 소송을 했고, 1년 뒤에는 뉴저지주 대법원이 부모의 호소를 인정하여 모든 의료 기기를 떼라는 결정을 내렸어. 그런데 아이러니하게도 의료 기기를 떼어 내면 죽을 거라고 생각했는데 그 뒤로도 호흡을 계속한 거야. 혼수상태인 채로 무려 9년이나 더 살았다지. 이 카렌 재판 이후부터야. 의사에게 식물인간 상태의 환자를 연명시킬 권리가 있는가, 거꾸로 그런 환자의 인공호흡기를 뗄 권리가 있는가 하는 논쟁에서, 인간에게 엄숙하게 죽을 권리가 있다는 생각이 발전한 것은. 한편 암 말기와 같은 극심한 아픔 속에서 연명하는 것이 오직 고통뿐인 환자가 안락사를 희망하는 일도 많이 늘었지. 치매를 앓는 장수 노인들도 이 안에 들어갈지도 몰라. 저 피해자의 경우도 안락사를 원했지 않은가."

"바랐는지도 모르죠."

다가미가 말했다.

모리모토 다츠가 벚꽃이 만개한 가마쿠라 산에서 연못 곁에 서 있었던 일은 자살하기 위함이었는지도 모른다. 고향의 절까지 갔다는 료사쿠의 행동은 명백히 자살 미수였다.

그 무렵부터 노부부는 반쯤 노망난 머리로 자신들의 죽음을 바라며 행동하고 있었으리라.

"하지만 저는 안락사나 존엄사란 건 아무래도 납득할 수
없습니다. 분명 의료 기술로 억지로 연명시키는 건
곤란하지만 자살하거나 죽임을 당하는 건 자연사와는
또 다른 거니까요. 무엇보다 인간에게 죽을 권리 따위가
있을까요. 살 권리라든가 죽을 권리라든가, 뭐든지 권리를
주장하는 풍조에 제가 거부감이 있는지도 모르겠지만요."

"다가미 씨도 나처럼 낡은 거야. 뭐 권리 운운은 어찌 됐든,
저 피해자는 오랫동안 해로한 남편 손에 죽을 수 있어
행복했는지도 모르지. 괴로운 건 할아버지 쪽이야. 죽고
싶어도 자신은 죽을 수 없으니까. 내가 이런 말을 하는
것도 좀 그렇네만, 살살 부탁하네."

"그럴 생각입니다만, 직업상 일단 조사는 제대로 해야죠.
괴로운 부분입니다."

다가미는 휴일에 죄송하다고 하고 전화를 끊었다.

2

일요일, 장마가 끝나기를 기다리고 있던 노인들은 등 번호를 붙이고 흰 모자를 쓴 채 주택가 내 작은 공원에서 게이트볼을 즐기고 있었다. 노인회 멤버로 보였다.

저녁매미가 우는 언덕 잡목림에 해가 기울어 불그스름해진 여름 햇살을 받은 노인들의 그림자가 가늘고 길게 늘어났다.

허리가 굽은 노파가 스틱을 휘둘렀다. 어색한 동작이지만 딱딱한 소리가 울리고 갓난아기 머리통만 한 나무 공이 굴러간다. 하지만 게이트까지 굴러간 공은 맥이 빠진듯이 멈춰 버렸다. 노인들은 일제히 웃음소리를 내었고 놀리는 노인도 있었다. 당사자인 할머니는 과장스럽게 안타까워했지만 굽은 허리는 그대로였다.

7시부터 시작되는 모리모토 다츠의 통야에 얼굴을 내밀 셈으로 난고다이 뉴타운 주택가에 온 다가미 형사는, 조금 시간이 남아 공원 벤치에 걸터앉아 담배에 불을 붙였다.

그런 일이 없었으면 모리모토 료사쿠도 이 노인들 속에서 공을 치고 농담을 날리며 함께 웃고 있었을까. 료사쿠처럼 끊임없이 목을 잘게 떠는 노인도 있었다. 다리가 불편한지 게임에는 참가하지 않고 지팡이에 매달려 몸을 구부리고 벤치에서 구경을 하는 할머니도 있었다. 자리보전하게 되기 전의 모리모토 다츠도

저러고 있었을 것이다.

근처 모리모토 씨 집에서는 곧 다츠의 통야가 시작되는데, 노인들은 그런 사건 따위 모른다는 듯이 게이트볼을 즐기고 있었다. 모리모토 씨가 이웃들에게는 알리지 않고 집안 사람들끼리만 통야를 하는 것이리라. 그러고 보면 주택가 어느 구석에도 통야를 알리는 안내 벽보 하나 없었다.

다시 소란스러운 웃음소리가 일어났다. 문득 다가미의 눈에 그 한적한 휴일 주택가에서 노인이란 노인은 모두 불쑥 땅에서 솟은 것처럼 보였다. 각각의 노인이 자신의 그림자에 딱 달라붙은 듯이 그림자를 끌고 있어 실제 사람 수보다 많아 보이는 것이리라. 그 그림자들은 집집마다 안채 한구석이나 병원에 누워 자리보전하고 있는 노인들의 무수한 그림자처럼 보였다.

"이봐, 저리로 가라!"

노인 중 한 명이 줄을 둘러친 광장으로 달려오던 어린 남자아이에게 고함을 쳤다. 아이는 깜짝 놀라 공원 구석으로 되돌아갔다. 노인들에게 놀이터를 빼앗긴 초등학생 두 명이 시시하다는 듯이 정글짐에 매달려 있었다.

노인들 쪽은 볼이 게이트에 들어갈 때마다 젊은이처럼 승리 포즈를 취하는 사람도 있었다.

등이 굽었고 쇠약해진 발을 질질 끌면서도 젊은 척 선글라스를 끼고 화려하게 화장을 한 할머니도 있었다. 이 무리 안에 죽음을 바라는 노인이라고는 한 명도 없을 것이다. 노인들의 들뜬 모습은 늙음을 억지로 몸 안에 파묻고, 일각이라도 더 삶에 매달리려는 쾌활함일까. 이미 가까이 닥쳐온 죽음에서 눈을 돌리려고 의식적으로 더 명랑하게 행동하고 있을 뿐인지도 몰랐다.

어떤 반칙인지 게이트볼의 규칙을 모르는 다가미로서는 알 수 없었지만, 한 노인이 갑자기 고함을 지르고 상대 노인도 큰 소리를 내자 다른 노인들도 흥분해 저마다 떠들어 댔다. 중재를 해야 하나 고민하고 있을 때 말리는 노인이 나타나 싸움은 가라 앉았지만, 두 노인은 그래도 뭐라 뭐라 떠들며 다투고 있었다. 다가미는 외면하듯 공원을 나섰다.

모리모토 씨의 집을 향해 걸으며, 다가미는 공원의 노인들에게 등을 돌리고 빠른 발걸음으로 걷고 있는 자신의 기분이 니가타에 있는 부모님 댁에서 돌아올 때와 비슷함을 알았다. 요즘은 추석과 설날에도 가족을 데리고 귀성하는 일이 줄었다. 출발할 때는 양친을 위하는 마음도, 오랜만에 만난다는 기쁨도 있지만 함께 이틀만 지내도 얼굴을 마주하는 것이 번거로워져, 돌아가는 열차 안에서는 마음이 가벼워졌다.

다가미의 양친은 둘 다 여든 살이 넘어 형 가족과 동거하고 있었다. 부모님은 딱히 지병도 없고 노망도 들지 않았지만 다가미는 징징대는 노인 특유의 추함에 지긋지긋해지고는 했다. 이윽고 당도할 자신의 늙음을 회피하고 싶기 때문인지도 모르지만, 모리모토 료사쿠를 심문하고 있을 때면 시골에 계신 아버지의 애처로운 늙은 얼굴이 료사쿠와 겹쳐져 떠올랐다. 나이도 별 차이가 안 나고 지방 출신이라는 처지도 비슷한 모리모토 요시오의 진술을 받고 있을 때는 남의 일이 아니라는 기분이 강해졌다.

오늘 밤 안에 요시오 부부에게 급하게 묻고 싶은 일이 생겼다고는 해도, 웬만해서는 피해자의 통야에 참석하지 않는 다가미가 다츠의 통야에 얼굴을 내밀 기분이 든 것은, 이번 사건이 자신과 상관없지 않다는 생각이 들었기 때문이었다.

모리모토 씨네 집 현관에는 접수하는 사람도 없고 당초 문양이 그려진 대문도 닫혀 있었다. 개도 짖지 않았다. 차가 주차된 차고의 개집에 개의 모습이 보이지 않는 것으로 보아 정원 쪽에 묶여 있는 것이리라.

다가미는 인터폰 버저를 눌렀다. 요시오가 답하는 소리가 들리고 다가미가 이름을 대자 조금 있다가 현관문이 열렸다.

"근처에 볼일이 있어 들른 김에 분향이라도 하려고……."

다가미는 검은 양복을 입은 요시오에게 정중하게 말했다.

"료사쿠 씨가 잠깐이라도 나오실 수 있으면

좋았겠습니다만……. 아버님은 건강하십니다.

걱정하지 않으셔도 됩니다."

곁에서 기모노 상복을 입은 리츠코가 깊이 머리를 숙였다.

"통야라고 해도 집안 사람들뿐이라서요.

하지만 모처럼 와주셨으니……."

안내받은 서양식 거실에 흰 천에 덮인 관이 안치되어 있었지만, 모리모토 다츠의 영정 사진과 흰 국화가 장식되어 있을 뿐 통야다운 제단은 없었다. 상복을 입은 남녀 대여섯 명이 관을 둘러싸듯이 머리를 숙이고 앉아 있었다. 그중 늙은 여자들은 다츠의 친구들일까. 꾸벅 고개를 숙이고 관 앞에 앉은 다가미는 향을 피우는 곳도 없는 것에 당황했다. 불교식도 신토*식도 아닌 건가 생각하며 합장하고 잠시 다츠의 영정에 절하고는 일어섰다.

　　병풍 뒤에 놓인 소파에 앉은 다가미는 상주인 요시오에게 어떤 형식의 통야인지 물었다.

　　"그게……."

요시오는 낮은 목소리로 말을 흐리며 관 곁에서 침묵한 채 앉아 있는 남녀에게 들리지 않도록 더욱 목소리를 낮췄다.

　　"어머니가 입회하셨던 터라."
　　"입회라면……?"

다가미는 관 곁에 있는 상복 차림의 사람들 중에 어제 현관에서 마주쳐 명함을 받은 남녀가 있음을 깨달았다. 명함에는 분명 "W· W·C-웰컴 왜건 컴퍼니"라고 쓰여 있었는데……. 다가미는 바쁜 나머지 명함을 주머니에 넣은 채 잊어버렸던 것이었다.

　　요시오는 입회라고 했는데 어떤 사람들일까. 늙은 여성이 세 명, 장년의 남성이 세 명, 각각 한 쌍씩 부부처럼 어깨를 축 늘어뜨리고 앉아 있었다. 슬픔에 잠긴 그들은 상주 요시오에게조차 접근하지 않고 노파의 관을 지키고 있는 듯이 보였다. 손주인 다카오와 나오코는 자기 방에 박혀 있는지 모습이 보이지 않았다.

　　"아버님 어머님이 입회하신 건 알고 있었지만

　　　어떤 회인지 자세하게는 몰라서……."

차를 가져온 리츠코 역시 낮은 목소리로 말하자 옆의 식탁에서 맥주를 마시던 남자는 명백히 들으라는 듯이 말했다.

　　"이런 방식이면 장모님도 편안히 저세상에

　　　가지 못하실 텐데. 형님과 형수님이 됐다니까,

　　　우리가 더 무슨 말을 하겠어?"

　　"화장해서 우리 쪽 절에 모셔야지. 어차피

　　　이타쿠라 묘에 들어가셔야 하잖아."

개수대 앞에 있는 여성이 응했다. 고향에서 온 여동생 부부인 모양이었다. 요시오 부부도 어쩔 수 없이 따르고 있는 모양이었으므로 그 이상 캐묻는 것은 꺼려져 다가미는 입을 다물고 있었다.

관 주변에 있는 상복 차림의 남녀들은 시선을 살짝 돌려 여동생 부부 쪽을 보았지만, 똑같이 가면 같은 미소를 떠올릴 뿐이었다. 그리고 서로 눈짓을 하지도 말을 하지도 않고 다시 눈을 가만히 내리깔았다.

다가미는 차를 다 마시고 요시오 부부에게 잠깐 묻고 싶은 일이 있으니 다른 곳에서 이야기하자고 부탁했다. 요시오가 "그러면 별채에서." 하고 말했다. 별채 불단에는 등명*이 밝혀진 채 선향이 검게 그을려 가느다란 연기를 내고 있었다. 다가미는 다시 손을 모아 다츠의 명복을 빌고, 무슨 소리를 들을지 불안한 듯한 요시오와 리츠코에게 다츠의 유체를 처음 보았을 때 입가에 조금이라도 거품 같은 것이 묻어 있었는지 물었다.

"아니요, 보지 못했는데요, 그게 무슨……?"

요시오가 말했고, 리츠코도 고개를 저었다.

"부인께서 시아버님께 얘기를 듣고 처음 목격하셨을 때,

---

*
灯明, 신불에게 바치는 불.

다츠 씨의 머리나 얼굴이 젖어 있었다던가, 그런 일도
없었습니까."

다가미가 리츠코에게 물었다.

"네, 없었습니다. 경찰서에서 말씀드렸듯이,
세면기 물이 흘러 다다미가 젖어 있었지만요."
"다츠 씨 입술에 립스틱을 바르셨던데 부인께서
유해에 화장을 해 주셨나요?"
"아니요, 그건 어머님이 주무시기 전에 직접 하셨어요.
5월 말쯤부터 갑자기 화장을 하기 시작하셔서 장마가
시작될 무렵까지 이어졌어요. 그 뒤로 안 하게 되셨지만
그날 밤은 또 바르셨나 봐요."

리츠코는 그렇게 말하며 눈물을 참느라 말이 막혔다. 요시오도
침통한 표정으로 고개를 숙이고 있었다.
　　그러면 노파의 그 붉은 입술은 죽음을 각오하고 스스로 바
른 사화장*이었을까.
　　정리된 방 구석에 붉게 칠한 오래된 경대가 놓여 있었다.

---

*
死化粧. 고인이 죽은 다음 가족이나 조문객에게
보이기 전에 하는 화장을 가리킨다.

치매에 걸려 자리보전하는 노파는 그 작은 거울을 보며 립스틱을 바르고 머리맡 물거울에 아가씨처럼 젊어진 자신의 얼굴을 비추며 곁에 있던 남편에게 편하게 해 달라고 부탁했을까. 몸이 가렵다고 몸부림을 친 것은 부탁을 들어주지 않는 료사쿠를 부추기기 위해서였는지도 모른다. 그때 세면기 물이 흘렀던 걸까. 힘이 약해 늙은 아내의 목을 몇 번이나 조른 료사쿠는 먹은 귀로 뇌우 소리를 들으며, 온기가 조금씩 사라지는 아내의 야윈 몸을 자신의 체온으로 데우며 하룻밤 내내 함께 잠들었을까……

지금은 침구가 없는 다다미방에 앉은 다가미는 그제 밤의 범죄 현장에 있는 듯한 기분에 사로잡혀 새삼 방 안을 돌아보았다. 모든 진실을 알고 있는 것은 벽에 걸린 색 바랜 사진 속 료사쿠의 양친과 전사한 아들들, 다츠를 맞아들인 망인들이다.

"그런가요. 아뇨, 별다른 일은 아닙니다."

확인하고 싶었던 건 그것뿐이라고 하고 다가미는 일어서려다 다시 말했다.

"저 사람들은 웰컴 왜건 컴퍼니 사람들 아닙니까?
어제 명함을 받을 때는 무슨 회사인가 이상하게
생각했습니다만……"
"컴퍼니라고는 하지만 회사는 아닙니다. 컴퍼니라는 말의
원래 의미는 식사를 함께 하는 동료라는 모양입니다.

장례 일체를 자기네 방식으로 해서 상조 회사 같은 부분도
있습니다만."

"아주 점잖은 사람들이지만, 은근히 무례하다고 할까요,
좀 몰아가는 게 있어서 사실 저희로서는 곤란합니다.
하지만 최근에 부모님이 회원으로 가입하고 유서 비슷한
것까지 넘겨주신 바람에 저 사람들 방식을 안 따를 수도
없습니다."

요시오도 그렇게 답했다.

"유서라고요?"
"아뇨, 입회한 사람은 모두 쓰는 듯한, 회칙을 승인하는
서약서 같은 것인 모양인데요."
"내일 서에 오실 때라도 괜찮으니, 보여 주시겠습니까?"

부부는 고개를 끄덕였다.

"제가 영어에 약해서 그러는데, 웰컴 왜건 컴퍼니가
무슨 뜻인가요?"

다가미가 머리를 긁으며 물었다.

"직역하면 환영마차 회사일까요.

104

신의 환영마차 동료라는 의미인 것 같습니다."

"호오, 환영마차요?"

"저희도 잘 몰라요. 종교 단체인 건 분명하지만요.
검소해야 한다든가 여러 규칙 같은 게 있고, 여자는
평소에도 상복처럼 검은 옷을 입어야만 한다던데, 왜
어머님 아버님이 그런 곳에 들어가셨는지 잘 모르겠어요.
하지만 모두 친절한 분들이라 못 하게 막을 수도 없어서."

모리모토 씨의 집을 나선 다가미는 가로등이 환한 일요일 밤의
조용한 신흥 주택가에서, 문득 상복 무리에 감싸인 검은 환영마
차가 다츠의 관을 싣고 차바퀴 소리도 내지 않고 떠나는 것 같은
기분이 들어 뒤돌아보았다. 주택가 이쪽저쪽에서 개가 짖고 있었
지만 길은 한적하여 사람 그림자 하나 없었다. 공원에도 노인들
의 모습은 보이지 않았고, 누가 잊고 갔는지 게이트볼 공 하나가
말라비틀어진 머리통처럼 광장 어두컴컴한 곳에 덩그러니 놓여
있었다.

3

"그런 사람들이라면 우리 집에도 왔었어. 하지만
통야에까지 몰려오다니 어떤 단체려나."

다가미의 아내가 부엌에서 설거지를 하며 말했다.

"우리 집에도 왔다니, 언제?"

다가미는 혼자서 맥주를 마시고 있었고, 저녁 식사를 마친 아이들
은 서로 장난치면서 텔레비전을 보고 있었다. 다가미 부부는 늦게
결혼해서 딸은 중학교 3학년, 아들은 초등학교 6학년이었다.

"요전에도 왔었어. 거절했는데도 또 다른 사람들이
와서 하느님이 어쩌고, 성경이 어쩌고 현관에서 떠들어
곤란했지."

그런 무리라면 다가미도 한 번 만난 적이 있었다. 잊고 있었지만
불과 반년 정도 전의 일이었다.
철야한 다음 날이라 비번이었다. 다가미가 한숨 자고 일어
나자 현관 벨이 울렸다. 정오에 가까운 겨울 햇살이 미닫이문에

비쳤다. 아내는 외출한 듯 집 안은 쥐 죽은 듯이 조용했다. 다가미는 두꺼운 솜옷을 입고 현관으로 나갔다.

문밖에 주부가 두 명 서 있었다. 30대 중반의 젊은 주부는 아이의 손을 잡고 있었다. 다가미를 올려다보는 남자아이는 손에 작은 인기 애니메이션 캐릭터 인형을 들고 있었다.

두 주부는 명랑하게 인사했다. 더 연배가 있는 쪽은 뚱뚱했고 테가 오렌지 색인 도수 높은 안경을 쓰고 있었다. 바람은 차가웠지만 2월 치고는 따스한 날이었다. 다가미는 잘 차려입고 친근한 미소를 짓고 있는 두 사람을 보고 아내의 친구인가 생각했다.

"댁은 평안하십니까? 사탄이 다가오고 있습니다."

안경 쓴 주부가 미소를 지은 채 갈라진 목소리로 갑자기 말했다. 다가미는 순간 상대가 무슨 소리를 했는지 이해하지 못했다.

"사모님이나 자제분을 사랑하시나요? 사모님이나
자제분에게 사랑받고 계신가요?"

젊은 주부가 말했다. 그리고 두 사람이 미소 지었다.

"사랑을 잃은 가족이 늘어나고 있습니다. 어째서일까요?"

두 여성은 그렇게 물으면서도 다가미가 대답할 틈도 생각할 여유도 주지 않고 계속 떠들었다.

"신은 남편이 아내를 자기 몸처럼 사랑해야 한다고
말씀하셨습니다. 또한 아내는 남편을 깊이 존경하고
남편을 보조하는 자로서 내조하라고 성경에 쓰여져
있습니다."

"성경을 읽으셨나요? 신이 말씀하셨습니다. 집에 앉아
있을 때나, 길을 걸을 때나, 잠들 때나, 깨어나 있을
때나, 자신의 아내와 아이들을 사랑하라. 그리고 노인을
신의 자비와 다정함으로 대하라. 성경에는 어떻게 하면
행복한 가정을 만들 수 있는지 모두 쓰여 있습니다.
가족의 창시자이신 신은 행복한 가정생활을 위한 방법을
누구보다도 잘 아시기 때문입니다. 가족의 평안은 신의
사랑으로……."

"됐습니다. 그런 얘기라면 됐어요. 돌아가세요."

지긋지긋해진 다가미는 엄한 목소리를 냈다. 상대가 남자라면 고
함을 쳤을 것이다. 이런 상대에게 휴일의 수면을 방해받아 짜증
이 난 것도 있었지만 뜬금없이 "댁은 평안하십니까?" 하고 질문
하는 무례함도 그렇고, "사탄이 다가오고 있습니다." 하며 겁을
준 뒤 신앙을 강매하듯 멋대로 떠들어 대는 뻔뻔함도 그렇고, 그
들의 오만과 결코 웃음을 잃지 않는 정중하면서도 강요하는 태도
를 참을 수 없었다.

그러나 두 사람은 또 빙그레 웃고는 다가미를 가엾게 여기는 듯한 눈초리를 보냈다. 그러면서도 그들이 어두운 그늘을 드리우고 있음을 다가미는 눈치채고 있었다. 남자아이는 추워서 곱은 손으로 인형을 움켜쥐고 얌전히 서 있었다.

이런 일에 아이까지 이용하는 당신들이야말로 행복한가? 가정에 불만이 있으니까 밖으로 뛰쳐나와 남의 가정에 오지랖을 부리고 있는 건 아닌가?

그렇게 따지고 싶었지만 여자들이 한 자 한 자 모두 외운 것을 그대로 암송하는 듯한 설교를 일방적으로 이어갈 것 같아서 다가미는 "수고하세요." 퉁명스럽게 말하며 거칠게 문을 닫았다. 그들이 건네는 인쇄물은 받지 않았다. 문을 거칠게 닫을 때 남자아이는 그를 올려다보고 있었다. 놀란 것 같지도, 탓하는 것 같지도 않은, 어린아이의 말간 눈이었다. 씁쓸한 기분으로 한동안 아파트 계단을 내려가는 여자들의 발소리를 듣고 있었던 이유는 여자들이 자기도 모르게 몸에 두르고 있던 광신적인 분위기 때문만이 아니라, 그를 쳐다보던 아이의 눈 때문이었다.

방으로 돌아온 다가미는 바로 이불 속에 들어가지 못하고 베란다에서 밖을 내려다보았다. 두 주부가 양지 바른 광장으로 남자아이의 손을 끌고 나온 참이었다. 광장 가운데 잿빛 코트를 입은 중년 남자가 있었고 여자 열 명 정도가 그를 둘러싸고 있었다. 할머니도 있고 아이를 데리고 있는 젊은 주부도 있었다. 그 무리에 다가미의 집을 방문했던 주부 두 사람이 다가가자 그들은 서로 정중하게 인사를 하고 뭔가 이야기하기 시작했다. 전도 결

109

과를 서로 보고하며 미팅을 하고 있는 걸까.

아파트 단지 집들의 베란다마다 이불이 내걸리고 겨울 햇살에 세탁물이 눈부시게 빛나며 차가운 바람에 나부끼고 있었다. 어느 가정이나 남자는 출근해서 없는 시간이었다.

미팅이 끝난 모양인지 광장의 주부 무리는 중년 남성을 선두로 아이들의 손을 잡고, 바람을 가르고 겨울 한낮의 햇살을 맞으며 건너편 동으로 이동해 갔다…….

"그런 놈들은 남자가 없는 시간을 노려 평일 낮에

오는 건가."

컵에 남아 있던 맥주를 다 마신 다가미는 딱히 아내에게 묻는 것도 아니면서 중얼거렸다.

모리모토 씨네 통야에 와 있었던, 평소에도 시커먼 복장을 한다는 그 무리가 다가미의 집을 방문한 주부들과 같은 단체라고는 생각할 수 없었지만, 저 웰컴 왜건 컴퍼니 무리도 모리모토 요시오가 없을 때 방문했을까. 리츠코도 집을 비운 사이에 노부부에게 저 미소 띤 친근함으로 노인의 외로움에 파고들어 신의 사랑을 속삭인 것일까. 남자들이 근무하러 떠난 낮에 주부와 노인과 아이들만 있는 거리를, 자기 가족의 사랑에 굶주린 주부들로 이루어진 온갖 집단이 수상쩍은 신의 사랑을 팔며 떠돌고 있는 걸까.

"피곤하지. 목욕하고 일찍 자지 왜?"

공부하라고 아이들을 텔레비전 앞에서 쫓아낸 다가미의 아내가
텔레비전을 끄면서 말했다.

"모르겠네. 우리 집은 비좁으니까 아이들이 공부하는
동안에는 텔레비전을 꺼야만 하지만, 버젓한 마이홈이
있는 그 할아버지 할머니는 별채에서 아무 불편 없이 살고
있었다는 거잖아?"
"며느리를 꽤 어려워했던 모양이야. 두 사람 다 자살 미수
같은 짓을 했어. 그런데 할머니 쪽은 치매에 걸려 죽고
싶어도 혼자 힘으로는 아무것도 못 했던 건지도 몰라.
그래서 죽여 달라고 할아버지에게 부탁했는지, 할아버지
쪽이 견디지 못하고 저질렀는지, 그게 아직 확실하지 않단
말이지⋯⋯."

다가미는 평소 집에서 일 얘기를 한 적이 거의 없었다. 특히 이런
사건은 섬세한 성격인 아내에게는 말하지 않으려고 했는데, 오늘
밤은 저도 모르게 사건 얘기를 늘어놓고 있었다. 그는 모리모토
집안 통야의 기묘한 분위기를 이야기하는 것에서 멈출 생각이었
으나, 사건을 전부 털어놓고 싶은 충동이 들었다.

"실은 요즘 이런 사건이 많아. 어느 사건이든 할아버지가

할머니를 죽였는데, 요시카와 군은 할머니 쪽이
할아버지를 죽이지 못하는 건 여자 쪽이 마음이 착하기
때문이 아니냐는 거야."

"어머, 그럴까."

다가미의 아내가 의외라는 듯이 말했다.

"그건 반대가 아닐까."

"반대라면……."

"여자도 스스로는 착하다고 생각할지도 모르지만,
여자 쪽은 남자의 고통을 마지막까지 지켜볼 수 있어.
남편이 부탁했다고 편하게 해 주진 않는 거야. 그만큼
여자 쪽이 심술궂다고 생각해."

"이봐, 무서운 얘기 하지 마."

다가미는 농담처럼 놀라는 척을 했지만 마음이 여리고 눈물도 많
은 아내에게 그런 말을 듣는 것이야말로 의외였다.

"그럼 넌 내가 비참하게 노망난 늙은이가 되어 죽여 달라고
부탁해도 안 들어준다는 건가?"

"응, 다정하게 돌봐 주겠지. 물론 심술만으로 그러는 건
아니지만, 여자 마음 깊숙한 곳에는 스스로도 이해할 수
없는 악마 같은 게 살고 있는 게 아닐까."

"천사 같은 악마라……."

다가미는 연하의 아내를 처음 보는 여자처럼 쳐다보았다. 눈가에 생활의 피로가 배어 나오는 익숙한 아내의 얼굴이 미소를 띤 채 그를 바라보고 있었다.

"해로한 할머니를 죽여 줄 수 있는 할아버지 쪽이
더 다정하다는 건가. 남자 쪽이 마음이 약한 건지도
모르겠군."

자신의 늙은 몸을 지탱하는 것조차 힘들어 보이던 모리모토 료사쿠의 모습이 떠올랐다. 오직 죽음만을 바라는, 당장이라도 무너져 사그라져 버릴 듯한 모습이었다. 모리모토 리츠코는 다츠가 눈이 안 보이는 척을 해서 료사쿠가 자신을 돌보게 함으로써 복수하고 있었는지도 모른다고 했다. 그러면 그 노파는 죽음을 원하는 남편을 못 본 척하고, 남편을 부추겨 자기만 남편 손을 빌려 저세상으로 떠난 것일까. 평온한 그 마지막 얼굴은 사실 비웃음이었던 것은 아닐까.

욕실에 들어간 다가미는 비좁은 욕탕에 잠겨 노파가 했다는 몸짓처럼 손을 작은 노 형태로 만들어 물을 가지고 놀아 보았다. 며느리로서 헌신적으로 노모의 수발을 들고 있던 모리모토 리츠코의 배려와 인내 또한 그녀의 내부에 도사린 천사 같은 악마의, 여자의 다정함이었던 걸까.

113

　　욕실에서 나온 다가미가 침실에 들어가려 하자 아내가 그를 불렀다.

　　"옛날 신문지 사이를 뒤졌더니 요전에 온 사람들이 두고 간
　　　팸플릿이 있었어. 읽어 볼래?"
　　"어차피 시시한 소리나 써 놓았겠지."

다가미는 그렇게 말하고 그것을 건네받았다. 컬러 인쇄 팸플릿 표지에는 음울한 하늘과 번뜩이는 벼락 그림에 '하르마게돈은 세상의 종말일까요?'라는 캐치프레이즈가 붙어 있고 'W·W·C-웰컴 왜건 컴퍼니'라고 인쇄되어 있었다.

　　"이거야. 이번 사건의 노부부가 들어간
　　　'환영마차'회라는 건. 너는 읽었어?"
　　"읽었을 리 없잖아. 하지만 문득⋯⋯."
　　"문득, 뭐?"
　　"이런 회에 들어가도 괜찮겠다는 생각이 들었어."
　　"무서운 소리를 하네. 이 단체는 나도 읽어 봐야 알겠지만
　　　신흥 종교 단체 같은 거라고. 더구나 넌 거절하느라
　　　곤란해했잖아?"
　　"응. 하지만⋯⋯나도 잘 모르겠지만, 그 사람들과 함께
　　　이 집을 훌쩍 떠나는 것도 좋겠다고, 갑자기 그런 생각이
　　　들어서⋯⋯."

"그건 곤란해. 농담이 아니라고."

"응, 농담은 아니야."

다가미의 아내는 빙긋 웃고는 자신이 방금 입에 올린 말을 까먹은 듯이 옛날 신문지 한 뭉치를 끈으로 묶었다. 그녀의 이마에서 땀이 배어 나왔다.

"이렇게 많이 내놔도 고작 두루마리 휴지 두 롤밖에
못 받아. 참 너무하지."

다가미가 침상에 배를 깔고 엎드려 읽기 시작한 팸플릿에는 페이지마다 대자연의 녹음 속에서 동물들과 노니는 가족이나 남쪽 나라 모래사장에서 한가롭게 쉬는 노인들의 그림이 그려져 있었고 다음과 같이 쓰여 있었다.

하르마게돈이 다가오고 있습니다.
지구 규모의 환경 오염, 지구가 죽음의 혹성으로 변화하는
핵전쟁, 그리고 우리 곁에서는 가족 붕괴가 진행되어
고독한 노인들이 늘어나고 있습니다. 이것은 하느님이
예언하신 세계의 종말−하르마게돈이 다가오고 있음을
보여 줍니다. (요한계시록 16장)

세계는 악마에 의해 파멸하는 것입니다. 이처럼 더럽혀진

지상에 오래 살 가치가 있을까요?
사후 왕국에서는 누구나 부모 자식, 형제자매인
'신의 가족'입니다.

당신은 가족과 함께 살고 있어도 마음의 굶주림을 느끼고
있지 않으십니까? 장수하는 노인은 진정한 행복을 느끼고
있습니까? 늙음에 전율하고 병에 고통받으며 죽음을
두려워하고 계신 건 아닌가요?

신에게 선택받은 사람들만이 행복하고 평온한 죽음을
맞을 수 있습니다. 노인은 어떠한 불안에서도 해방되어,
무의미한 의료로 고뇌를 연장시키는 것이 아니라 평온한
나날 속에서 조용한 마음으로 신의 곁으로 불려 갈 때를
기다릴 수 있습니다.

그것은 인간다운 존엄한 죽음을 스스로 결정한 우리들,
신의 사랑이신 빵을 함께 먹는 동료(컴퍼니) 모두가
핏줄이나 국경을 넘어 진정한 부모 자식, 형제자매인
'가족'이 되기 때문입니다.

노인의 낙원, 캘리포니아 베니스 비치
인간은 누구나 늙어 갑니다. 인생 끝에 당도하는 늙음은
추한 것이 아니라 멋진 것입니다. 그러나 마음의 평온이

없으면 인간다운 죽음을 맞을 수 없습니다.

미국의 따뜻한 캘리포니아에 우리 컴퍼니가 만든
아름다운 해변 베니스 비치가 있습니다. 여기에서는
노인들이 평온하게 신의 곁으로 떠날 날을 기다리고
있습니다. 일본에도 이런 해변 낙원이 있습니다. 죽음을
두려워하지 마세요. 신의 웰컴 왜건이 당신의 안락한
죽음을 맞이하러 가겠습니다.

신의 전화―사후 왕국과의 연결
부디 전화주십시오. 신에 의해 맺어진 부모 자식,
형제자매인 웰컴 왜건 컴퍼니 '가족'이 여러분의 고민을
함께 나누고 편안한 죽음을 맞이할 수 있는 신의 말씀을
전해 드립니다.

신은 당신의 "눈에서 모든 눈물을 닦아 주실 것이다.
다시는 죽음이 없고, 다시는 슬픔도 울부짖음도 괴로움도
없을"(요한계시록 21장 4절) 행복을 나눠 주십니다.

신이 맺어 준 당신의 가족 W · W · C
웰컴 왜건 컴퍼니

끝까지 다 읽은 다가미는 불쾌한 분노를 느끼고 눈을 감았다. 위장이 둔한 아픔에 삐걱거렸다.

처음 본 하르마게돈이라는 말은 거대한 괴물 같아, 그것이 시간인지 장소인지 알 수 없었다. 그럴듯한 언사를 쓰고 성경을 인용하고 있지만, 결국 노인들에게 보내는 죽음의 초대가 아닌가.

우직한 경찰관인 다가미는 선량한 시민의 마음을 홀리는 범죄의 냄새를 맡았다. 료사쿠와 다츠 부부는 병과 늙음에 기인한 외로움으로 이렇게 수상쩍은 단체에 입회하여 죽음의 '환영마차'를 기다린 것일까. 다츠의 관을 둘러싸고 있던 저 무리가 료사쿠가 다츠를 안락사시키도록 살인을 부추긴 것은 아닐까. 그렇다면 그들이야말로 교사범이자 공범자인 것이 아닐까.

다가미로서는 남자들이 없는 오후의 거리에서 불길한 그림자처럼 노인들에게 죽음을 권하는 상복 무리가, 그 주부들과 같이 신의 이름을 사칭하며 똑같은 웃음을 띠고 돌아다니는 것을 도저히 용납할 수 없었다. 이런 무리는 단속해야만 한다, 신의 이름을 사칭하는 만큼 아주 위험한 사상이다, 그렇게 중얼거리며 쉰두 살의 경찰관은 요즘 체력이 쇠한 것을 자각하게 만드는 피곤한 몸을 졸음에 맡기었다. 노부부는 가족과 함께 살면서도 이런 수상쩍은 것에 매달릴 수밖에 없었을까. 그 정도로 죽기만 바라고 있었던 것일까……

4

다음 날 아침 취조실에서 모리모토 료사쿠는 낡은 인형을 껴안고 있었다.

유아용 모자를 쓴 갓난아기 같은 금발의 서양 인형이 푸른 유리 눈을 동그랗게 뜨고 천진한 웃음을 띠고 있었다. 하지만 핑크색 옷은 색이 바래고 더러워졌고 모자 모서리와 소매, 옷자락에 붙은 레이스 프릴은 까맣게 올이 풀려 있었다. 별채 텔레비전 위에 장식되어 있던 인형이었다.

"어르신, 오늘 아침은 기운이 나시나 보네요."

다가미 형사가 말을 걸자 료사쿠는 엷은 웃음을 띠고 인형을 껴안아 뺨에 문질렀다. 수염이 듬성듬성 나고 주름이 무수하게 새겨진 노인이 뺨을 문지를 때, 푸른 눈의 인형은 미소 짓고 있었고, 그것의 플라스틱 살갗에는 차가운 윤기가 돌았다. 노인은 추억에 빠져 있는지 혼자 웃고 있었다.

오늘 아침에도 창살이 박힌 작은 창으로 한낮의 푸른 하늘이 엿보였다. 거리의 소란스러움과 매미 우는 소리가 바람을 타고 들려왔다. 에어컨이 없는 살풍경한 이 취조실에서는 선풍기가 낮은 신음을 내며 덜덜 돌아가고 있었는데, 노처를 살해한 여든

일곱 살 노인은 창밖의 푸른 하늘도 눈에 들어오지 않는다는 듯이 인형 놀이를 하는 소녀처럼 인형에 볼을 비비고 있었다. 뒤이어 방에 들어온 요시카와 형사가 얼굴을 찌푸리고 다가미를 바라보았다.

　　"할아버지는 남자면서 인형을 좋아하세요? 언제부터
　　　그 인형과 사이가 좋아졌죠?"

다가미는 낮은 의자에 앉으며 노인의 추억 밑바닥에 숨어 있던 것을 살며시 끄집어내듯이 물었다. 오늘 아침에도 일찍 온 모리모토 리츠코를 아직 출근 전이었던 다가미는 만나지 못했지만, 이 인형은 다른 차입품과 함께 그녀가 가져온 것이었다. 담당 직원에게 전해 들은 말에 따르면 그것은 손녀인 나오코가 어린 시절 소중히 여기던 인형으로 3개월 정도 전에 다른 대형 쓰레기와 함께 내다 버린 것을 료사쿠가 주워 와 가끔 껴안고 있다고 한다. "아버님이 외로워하실 것 같아, 적어도 이 인형이라도 곁에 두시면 좋을 것 같아서요." 리츠코는 그렇게 말하고 성경도 가져왔다. 다가미는 성경을 화제로 삼아 료사쿠 부부가 어째서 최근 웰컴 왜건 컴퍼니에 들어갈 마음이 생겼는지 물어볼 생각이었는데, 설마 료사쿠가 인형을 취조실까지 안고 올 것이라고는 생각하지 못했다.

　　"이 인형 말인가. 옛날부터야."

료사쿠는 조금 부끄러운 듯이 답했다.

"옛날부터라면, 할머니와 결혼하셨을 땐가요."

다가미는 개의치 않고 아무렇지도 않은 척 속을 떠보았다. 다츠와의 추억을 얘기해 주면 성공이었다. 미끼를 문 물고기를 신중하게 잡아당기듯이 사건 당일 밤의 기억으로 료사쿠를 끌어당겨야 했다. 그것도 낚싯줄을 늘어뜨린 채 초조해하지 말고 신중해야 했다.

그러나 료사쿠는 갑자기 겁에 질린 표정이 되어 다가미를 올려다보고 한층 강하게 인형을 껴안았다. 추궁은 위험했다. 하지만 오늘 아침의 료사쿠는 보청기를 쓰고 있다고 쳐도 다가미의 말을 잘 알아듣는 모양이었고 반응도 빨랐다. 말도 거의 더듬지 않았다.

"그렇죠, 그렇게 옛날부터는 아니군요. 어르신이
나오코에게 사 준 인형인가, 맞죠?"

료사쿠는 끄덕였다. 노인은 푹 꺼진 눈 안쪽이 누그러졌고 인형을 들여다보며 기억을 더듬고 있었다. 노화로 인한 치매의 전조가 보이는 노인의 뇌 어두운 부분에서 아내를 살해한 흉흉한 최근 기억을 밀어내고 먼 옛날 기억이 떠오르는 것 같았다. 혹은 그 인형은 전사한 아들들의 위패 대신인지도 모른다.

"그 인형 이름은 뭔가요?"

"이름 말인가?"

료사쿠가 기쁜 듯이 말했다.

"키짱이야."

"키짱이군요. 귀여운 이름이네요. 할아버지가 붙이셨나요?
아니면 나오코가 붙였나요."

"나오코가 붙였을 리가. 당연히 부모가 붙였지!"

료사쿠가 화가 난 듯이 말했다.

"자네, 모르는 건가. 국화(일본어로 '키쿠'라고 읽는다)꽃의
키쿠야. 우리는 애칭으로 키짱이라고 부르며 자주 놀았지.
늪에 배를 띄우고 헤엄을 치거나 마름 열매를 따거나.
마름 열매는 자네도 알겠지. 물고기도 맨손으로 잡았었지.
이타쿠라 늪에는 잉어, 붕어, 메기가 다 잡지도 못할 만큼
많았어. 키짱은 여자지만 헤엄도 잘 치고 물고기도 잘
잡아서 우리와 자주 놀았고."

"할아버지 소꿉친구였군요."

"뭐, 그런 사이였지. 내가 살던 이타쿠라에는 유명한
뇌신(雷神) 신사가 있어서, 축제 때는 인근에서 사람들이
구름처럼 모여들었어. 늪 주변에 노점까지 내서 아주

소란스러웠는데, 축제 날은 반드시 천둥이 쳤어. 이게
또 엄청난 벼락이었지. 그야, 모시는 신체(神體)가
뇌신이시니까."
"과연 천둥이 칠 만하네요."

다가미는 그렇게 말하고 웃으며 이야기를 사건 당일 밤 뇌우로
유도하고 싶었지만 인내심을 갖고 료사쿠가 희희낙락하며 떠드
는 고향의 옛 이야기를 듣기로 했다.

"천둥이 치고 비가 쏟아지면 축제도 한동안 멈추는데
늪의 물이 금방 흘러 넘쳐 논밭에 물이 차는 거야. 그래,
그 부근은 저지대니까 "수면보다 한 치 높게*"라고 해서
한 치라도 높으면 살 수 있는데 사방이 물에 덮여 가지고,
옛날에는 추수할 때 큰비가 내리기라도 하면 "이타쿠라의
벼 세 줌"이라고 해서 세 줌을 묶는 동안 이미 물이
차오르는 거지. 우리 옛날 농민들은 고생이 참 많았어."

늙은 뇌에 깃든 추억이 담긴 작은 방 중 하나에 봄 햇살이 비친 것
처럼 료사쿠의 옛날 이야기는 언제 끝날지 몰랐다. 다가미는 도

---

*
水場の一寸高. 이타쿠라 지역에서 일상적으로 사용된 관용구로
상습적인 수해 지역에서 제방이 무너져 홍수가 일어나도
집이나 논밭이 남보다 한 치 높으면 농작물에 물이 들어오는 것이
느리고 빨리 빠지므로 작물을 수확할 수 있다는 뜻이다.

중에 말을 돌리기로 했다.

    "그래서 키짱은 그 뒤로 안 만나셨어요?"
    "죽었지!"

료사쿠는 그렇게 말하고 다가미를 노려보았다.

    "그놈이야, 죽인 건."

주름에 감싸인 눈은 귀신이라도 들린 듯이 빛나고 있었다.

    "우리 할멈을 죽인 건 그 녀석이야. 무로부시야.
    무로부시 센타로. 나는 분명히 알고 있어."

료사쿠는 껴안고 있던 인형을 별안간 팽개치듯이 책상 위로 던졌다. 둔중한 소리가 나고 인형은 푹 쓰러졌다. 양 눈꺼풀이 천천히 닫혀 갔다. 천진하게 잠든 인형은 일순 악의에 가득 찬 듯한 인공적인 느낌을 드러냈다.
    료사쿠는 잠자는 인형의 가슴에 손을 대고 작게 흔들고 있었다. 그것은 자기 손으로 목 졸라 죽인 아내 곁에 하룻밤 내내 잠을 자던 노인의 손동작처럼 보였다. 료사쿠의 눈은 충혈되고 눈가에 더러운 땀처럼 눈물이 맺혀 있었다.

"나는 안 죽였어. 할멈을 죽인 건 무로부시야."

료사쿠가 눈물 어린 목소리로 말했다.

"무로부시란 건 누군가요?"
"회장이야. 그거, 그 회의……"
"그 회라는 건……?"

료사쿠는 짜증난다는 듯이 목구멍 안쪽으로 씨근거렸다. 회의 명칭이 목 끝까지 올라왔는데 언어의 형태를 갖지 못한 것이리라.

"할머니도 들어가셨다는, 웰컴 왜건 컴퍼니 말인가요?"
"아니, 그 회가 아니야."

료사쿠는 신경질적으로 고개를 저었다.

"거기, 동네 반상회의……회장 무로부시야."

료사쿠가 인형을 안아 들었다. 안아 들 때 인형은 갓난아이의 울음소리를 내며 천천히 눈을 떴지만 료사쿠는 그저 잠자는 인형을 꼭 껴안고 말도 정중해져 다가미에게 하소연했다.

"그날 밤에도 무로부시 회장이 집에 왔습니다. 나와

할멈이 자고 있는데 온몸이 비에 푹 젖은 채로 갑자기
집에 들어와 우리를 놀라게 한 거죠, 기부하라고.
아니, 기부는 할 생각이었습니다. 마을에 '노인의 집'을
짓는 모금이 있어 나는 50만 엔이건 100만 엔이건 낼
생각이었습니다. 그런데 그날 밤 무로부시는 기부금을
모은다는 구실로 뇌우가 치는 밤에 밤늦게 찾아와서
우리를 깜짝 놀라게 하고는 나와 할멈에게 예금 통장과
인감을 내놓으라고 위협한 겁니다."

"그날 밤, 무로부시라는 반상회 회장이 왔었다는 거죠?"

한쪽 책상에서 묵묵히 메모하고 있던 요시카와 형사가 확인했다.

"네, 틀림없습니다."

료사쿠는 요시카와 형사가 있다는 걸 지금 깨달은 듯 대답하고
말을 이었다.

"그날 밤만이 아니었죠. 1년인가 2년인가 그 이전부터
우리 집에 놀러 오는 척을 하고 별채에 무단으로 들어와서
벽에 상처를 내거나 변소를 더럽히고 밭까지 망치고
다녔습니다."

"밭을? 어르신 집에 밭이 있었던가요?"

요시카와가 또 끼어들었다.

　"괜한 소리 하시면 안 돼요, 어르신."

다가미가 손으로 제지했다. 모처럼 수다를 떨고 있는 료사쿠의 기를 죽일 수는 없었다.

　"아니, 괜찮아요. 자, 얘기를 계속하죠. 어르신이 정성껏
　　짓던 밭을 망치셨군요."
　"내가 막아서자 폭력을 휘둘러서 감당을 할 수 없었지."

료사쿠는 교활한 미소를 띠고 다가미를 보았다.

　"그런 짓을 당했는데 경찰에게 신고하지 않으셨나요?"

다가미는 더욱 상냥하게 물었다.
　　료사쿠는 안 들리는지 안 들리는 척을 하는 건지 갑자기 귀가 불편한 노인으로 돌아간 듯 침묵했다.

　"그럴 때는요, 어르신, 말씀해 주셔야죠.
　　경찰은 시민을 위해 있는 거니까요."

다가미는 천천히 타이르듯이 말했다. 료사쿠는 고개를 끄덕였다.

"상대가 지역 유력자이고 회장이라 말을 못 했어.
말해 봤자 나중에 온 신참 노인이 하는 소리를 경찰도
상대 안 해 줄 거라고 생각했고, 나도 할멈도 포기하고
침묵하고 있었던 거지. 요시오에게도 며느리에게도
아무 말도 안 했어. 무로부시 녀석은 그걸 이용해서 우리
별채에 친구인 것처럼 찾아와서는 이걸 기부해라, 저걸
기부해라, 맨날 위협했던 거지. 그날 밤은 나도 할멈도
상대를 안 해 주니까 무로부시 녀석이 화가 나서, 그래서
할멈을……."

다가미는 요시카와와 얼굴을 마주보았다. 이번에는 요시카와도
아무 소리 하지 않았다.

"그게 밤 열 시쯤이었습니다. ……형사님, 부탁입니다.
저 같은 늙은이가 하는 소리는 믿어 주지 않겠지만,
속았다고 생각하고 무로부시를 조사해 주십시오. 그러지
않으면 할멈도 마음 놓고 저세상으로 떠나지 못할 겁니다.
……부탁입니다, 형사님."
"알았습니다, 알았어요. 그 무로부시라는 반상회 회장을
조사해 보겠습니다. 그러니까 진정하세요. 자, 눈물을
닦고……."

인형을 품에 안은 채 두 손을 모은 료사쿠의 눈에 눈물이 차올라

주름이 깊게 파인 뺨을 타고 떨어졌다. 콧물도 길게 흘러내렸다.

어젯밤까지의 노인과는 딴사람인 것처럼 떠벌리는 료사쿠의 이야기에는 맥락이 없었고 특히 반상회 회장이 범인이라는 호소는 갑작스러워 믿을 수 없었다. 하지만 각각의 이야기는 금방이라도 찢어질 듯이 케케묵은 실처럼 이어져 있었다. 반상회 회장이 범인이라는 호소에는 가엾은 노인의 무서우리만큼 강한 진심이 느껴졌다. 다가미는 료사쿠에게 손수건을 빌려주면서, 노인의 노망난 뇌 속에서, 저녁놀 같은 덩어리가 엉겨붙어 필사적으로 무언가에 매달리듯이 까맣게 고인 것을 엿본 기분이 들었다.

그것은 광기와 종이 한 장 차이가 아닌가.

료사쿠는 계속 울고 있었다.

오늘도 다가미는 취조를 중단할 수밖에 없었다.

즉시 조사해 보자 놀랍게도 무로부시 센타로는 실존 인물이었다. 무로부시 센타로는 3년 전까지 난고다이 뉴타운 근처에서 반상회 회장을 하던 현재 여든한 살의 노인이었다.

"료사쿠의 허위 진술이라고만 생각했는데,
가 보고 놀랐습니다."

노인을 만나고 온 요시카와 형사는 서에 돌아오자 땀을 닦으며 보고했다.

"저쪽에 상당한 산림을 소유하던 농가인데 뉴타운 개발로
벼락 땅 부자가 되었습니다. 이웃 사람들이 노송나무
저택이라고 부르는 호화로운 저택이었습니다. 제가
들어가자 노인 한 명이 툇마루에 앉아 있어서 말을 걸어도
모르는 척을 하더군요. 셔츠 가슴에 주소와 이름을 적은
흰 천을 꿰매 놓았던데, 그, 전쟁 드라마에서 볼 수 있는
그거 말입니다."

"주소, 이름, 혈액형을 적은 명찰 말인가? 전쟁 중 아이였던
나도 달고 있었는데……."

"무로부시 할아버지가 그 미아 방지 이름표를 달고
있었습니다. 아들이 나와서 물어보니 배회하다 미아가
되면 곤란하니 달았다는 겁니다."

"배회 말인가. 무로부시 센타로도 노망이 났다는 건가……."

뒷말을 잇지 못하고 다가미는 얼굴을 찌푸렸다.

"정말이지, 이쪽저쪽 할 것 없이 온통 노망난 노인뿐이니
어쩔 수가 없네요."

요시카와가 혀를 차더니 이어 말했다.

"무로부시 센타로는 쇠고집 영감님으로 회장 자리를
남에게 양보하지 않았던 모양인데, 회장을 그만두자마자

치매가 시작된 모양입니다. 료사쿠와는 사이가 좋았던

모양으로 전에는 자주 왕래해서 바둑을 두기도 하고,

료사쿠가 시장에게 표창장을 받았을 때는 무로부시

영감님도 표창장을 받았으니 서로 경쟁심도 있었겠죠.

노망이 시작되고부터는 배회하다가 한밤중에 료사쿠

부부 별채에도 갔던 모양이니 실제로 무로부시 영감님이

위협했을지도 모르지만, 본인은 아무것도 기억 못

하는 치매 노인이니 어쩔 수 없죠. 하지만 벽에 상처를

냈다든가 변소를 더럽혔다든가, 있지도 않은 밭을

망쳤다든가 하는 료사쿠의 진술은 뭘까요?"

"망상이지. 이타쿠라에서 농사를 지을 때 밭이 망쳐진

일이 있어서 그 기억이 뒤섞였는지도 몰라. 실은 료사쿠

일이 신경쓰여 곤도 의사에게 갔는데 망상도 치매

증상이라더군."

오래된 건물인 곤도 의원의 대합실에는 진료를 기다리는 노인 환자들이 열두어 명 앉아 있었다. 하지만 곤도는 서두르는 기색 없이 고령 치매 환자의 수축된 뇌 사진을 다가미에게 보여 주면서 그 증상을 설명해 주었다.

늙으면 누구나 많건 적건 뇌가 수축하므로 기억이 점점 사라지고 건망증이나 착각이 시작된다. 뇌 수축 과정은 보통 서서히 진행되므로 40대라도 까먹는 일이 심해지면 뇌 수축이 시작됐다는 증거이니 치매를 향한 스타트라고 생각하면 된다고, 노의사

는 웃으며 말했다.

"뇌가 수축해서 딱딱해지면 새로운 일에 대응하는 속도가
느려지고 과거에 집착하게 되니까, 젊은이 앞이나 동료
모임에서 옛날 이야기꽃을 피우는 것도 바로 노망꽃
피우는 영감, 할멈이라는 거지. 이윽고 정신 증상이
나타나 어엿한 치매 노인이 되는 건데, 뇌 수축은 장수의
훈장 같은 거라 고칠 수 없으니 스스로 뇌를 움직여
수축을 늦추는 수밖에 없다네. 나도 이미 이만큼 뇌가
수축되어 있는지도 모르지."

일흔두 살인 곤도 의사는 껄껄 웃으며 사진을 손가락으로 가리켰
다. 다가미는 검은 음영을 크게 확대한 뇌 사진을, 이윽고 피치 못
하게 그렇게 될 자신의 두개골 속을 들여다보는 기분으로 바라보
고 있었다.

　　곤도 의사에 의하면 료사쿠와 다츠의 경우 익숙한 고향을
떠나 이사 온 것이 새로운 환경에 적응력을 잃은 노인에게는 큰
충격이었고, 나름대로 노력해서 적응했다고 해도 수축한 뇌로는
적응력에 한계가 있어 치매 증상이 나타났을 거라고 했다. 노년
의 치매는 다른 병과 달리 발병이 언제인지 확실히 정할 수 없기
는 하지만, 작년 가을부터 치매의 징조를 보인 료사쿠가 이번 일
로 정신적 충격을 받고 경찰 유치장이라는 환경에서 현저한 증
상이 나타난 것이니 가정에 돌려보낼 수는 없겠느냐며, 노의사는

다가미에게 머리를 숙였다. 병원이나 요양원에 입원시키는 것보다도 가족이 노인의 불안이나 호소를 끈기 있게 친근히 들어 주는 것이 제일 좋다고 했다.

"그 이야기를 듣고 있으니 젊은 자네들 앞에서
옛날 이야기를 하는 나도 치매 노인이 되기 일 보 직전인
것 같아 괴로웠지만, 치매 노인의 망상은 피해망상의 정신
장애인 모양이야."

다가미가 요시카와에게 말했다.

"노인 치매에는 뇌의 수축과 동맥경화 등에 의한 뇌혈관의
괴사가 있어 증상도 단순 치매형과 코르사코프 치매로
나눌 수 있다더군. 코르사코프 치매는 누가 물건을
훔치거나 자신을 죽이러 온다는 피해망상 증상이
나타나거나 다츠 씨나 무로부시 노인처럼 배회하기도
하고 가스 잠그는 걸 잊거나 난폭한 짓을 하는 위험한
행동도 한다더군."
"료사쿠도 그 코르사코프형이란 건가요?"
"곤도 선생님은 그렇게 진단하셨어."
"단순한 망상이라면 귀엽게 봐 줄 수도 있지만 위험한
행동이면 범죄로 이어질 수도 있잖습니까. 경찰에서는
청소년 비행에만 주목하지만, 스스로 자각하지 못한 채

밤중에 배회하거나 난폭한 짓을 하는 정신 장애 노인이 늘어난다는 건 범죄를 저지를 수 있는 정신 이상 노인이 거리를 활보한다는 게 아닙니까."

요시카와는 그렇게 말하면서 자꾸 혀를 찼다. 대학에서 범죄학을 전공한 이 청년도 현재 65세 이상 치매 노인은 전국에 60만 명 이상으로 추정되고, 구미 여러 나라에 비해 두세 배로 빠르게 늘어나고 있는 이 노인들에 대한 범죄학 지식은 없었다. 그러다 보니 료사쿠의 진술에 휘둘리는 초조함만 느끼고 있는 모양이었다. 현장 경험이 풍부한 다가미도 이런 사건은 처음이었다.

료사쿠는 단순한 치매 증상으로 역시 발작적으로 다츠의 목을 졸랐는지도 모른다……. 그리고 무의식적으로 범행의 공포에서 도망치려고, 또 치매 증상으로 말을 만들어 내 우리 경찰을 힘들게 하고 있는 거라면…….

옛날 기억만 선명하고 사건에 관한 사실은 말을 지어내는 료사쿠에게서 제대로 된 진술을 받는 건 불가능했다. 진술서를 작성하고 송검해도 치매에 걸린 료사쿠를, 과연 지방 검찰청이 기소할까. 기소를 한다고 해도 재판에서 전문의에 의한 정신 감정 결과 심신 상실로 판정되면 죄는 묻지 않는다.

다가미는 저 비참한 노인이 벌을 받지 않기를 바라기는 하지만, 살인은 살인이었다. 치매 노인이라고 허용할 수는 없었다.

말을 지어내는 것은 치매 증상이더라도, 허위 진술을 한 료사쿠에게 다가미는 취조관으로서 교활한 노인의 일면을 엿보고 혐오와 짜증을 느끼고 있었다. 한편으론 동정하면서도 인형을 꺼안고 뺨을 비비는 료사쿠에게 고함을 치고 싶은 충동을 몇 번이나 느꼈던가. 치매 노인 중에 정신 장애인이 위험한 문제 행동을 일으킨다는 걸 알게 되니, 요시카와 말마따나 이후 늘어날 노인 범죄의 방지를 위해 경찰도 대책을 세워야 한다고 생각했다. 하지만 대체 어떤 대책을 세울 수 있을까.

　　"아까 시민이 보낸 투서 중에 이런 게 있었어.
　　　뭐, 읽어 보게."

다가미는 미우라 부장에게 받은 것 중 한 통을 요시카와에게 건네주었다. 서른여섯 살의 주부가 보낸 투서는 모리모토 료사쿠에게 관대한 조처를 취해 달라고 탄원한 다음, 만약 료사쿠가 자택에 돌아가 가족에게 충분한 돌봄을 받을 수 없다면 자신이 수발을 들고 싶으며 이건 남편과도 상의해서 결정한 일이라고, 진심으로 쓰여져 있었다. 또 다른 여성에게서 비슷한 전화도 왔다고 했다.
　　　이런 종류의 투서는 이번 사건으로 마음이 답답하던 형사들을 무척 감동시켰다.

　　"이런 투서를 보면 이 세상도 아직 살 만한 곳이야."

다가미가 말했다.

"그에 비해 모리모토 요시오는 효도를 하겠다고 부모를
모시기는 했지만 밖에 여자도 있었던 모양이고, 두 사람을
귀찮아했던 모양이야. 리츠코도 듣기 좋은 소리만 하지만
시어머니 봉양으로 자신을 희생하고 싶지 않다는 진심도
토로하고 있어. 저 부부는 치매에 걸린 어머니의 죽음에
안심하고 있을 뿐만 아니라 훨씬 전부터 저런 죽음을
바라고 있었던 게 아닐까."

"료사쿠에게 살해당하길 말입니까?"

"살해보다는 안락사시키는 거겠지만……."

"안락사 말인가요?"

"저 W·W·C 는 말하자면 신의 이름으로 안락사를
장려하는 회인 것 같네. 료사쿠와 다츠 씨가 들어 있던
그 '환영마차'의 내용을 요시오 부부가 몰랐다는 건
이상하다고 생각하지 않나?"

"료사쿠 부부가 저 회에 들어가면 빨리 죽어 줄 거라고
생각했겠죠. 그래서 보고도 못 본 척……. 그러고 보면
사건 날 밤, 부부끼리 죽음에 관한 이야기를 했다고
리츠코가 진술했었죠."

"실은 곤도 의사에게 간 김에 만약을 위해 모리모토 씨의
이웃을 또 한번 탐문 조사를 해 보았는데, 옆집 젊은
주부가 그날 밤 모리모토 집 개가 응석 피우는 소리를
들었다더군."

"그건 리츠코의 진술에 있지 않았나요?"

"요시오가 새벽 2시가 지나 택시로 돌아왔을 때가 아니라
1시 조금 전에 들었대. 낯선 상대라면 짖겠지만 코를
울리는 소리여서 모리모토 집안 사람이 돌아온 거라고
여긴 모양이야. 그때는 이미 비가 그쳐서 잘 들렸다는데."
"새벽 1시 조금 전인가요. 리츠코는 자고 있었다고 했죠.
하지만 요시오가 돌아온 건 아니죠. 어제 제가 역
앞의 바도 탐문했고 구로키라는 이웃 샐러리맨에게도
요시오의 알리바이를 확인했으니까요. 다카오일까요?"
"아니, 개가 응석 피우는 소리를 낸 것뿐이니까 개가
따르는 이웃이 집 앞을 지나갔는지도 몰라. 하지만 나는
피해자의 사인에 조금 의문이 있네."

다가미는 시계를 보았다. 요시오 부부가 두 번째 진술을 하러 출
두할 시간이었다.

137

제

3

장

1

"당신, 밖에 여자가 있던 모양이지?"

"아니요, 그건……."

"있었군."

"어제는 거기까지 이야기할 필요는 없다고 생각해서
군이 언급하지 않았습니다."

그건 이미 끝난 일이다. 리츠코는 어째서
그런 얘기까지 한 거지.

"숨기지 말고. 지금도 만나고 있지? 조사하면 다 나온다."

"별로 숨기는 일은 아니지만 이미 끝난 일이고
부모님과 직접적인 관계는 없으니까요."

"자자, 모리모토 씨, 얘기 좀 들려 주시죠?"

따지고 드는 젊은 형사에 비해 통야에 와 준 다가미 형사 쪽은 미
소를 띠고 있었지만, 눈 안쪽에 점액질처럼 반질거리는 빛이 달
라붙어 있었다. 양쪽 귀가 찌그러지고 못이 박힌 건 유도를 했기
때문이겠지만, 귀가 없는 남자 같아 음험한 느낌이었다.

하지만 이 형사도 그날 밤 일은 모를 것이다.

"그 여성과는 언제부터인가요?"

"일 관계로 3년 정도 전에 알게 되어서."

"그래서?"

"특별한 일은 없었지만 홍보부 과장이 되고 그럭저럭
일 년이 지나서 업무에는 기운이 넘쳤지만 몸에 힘이
들어가지 않는다고 할까요, 우울한 기분이 닥쳐오는 일이
종종 있었죠."

"과장이 됐는데 이상하군요."

"회사 의무실 선생님에게 상담하니 마이홈을 가진
40대 남자에게 가끔 나타나는 마음의 느슨함이 아니냐는
소리를 들었습니다. 과장이 되고 일에도 익숙해져
안도감이 드는 게 아니냐던데, 그러고 보면 그때까지
갖고 있던 목표도 잃어버리고 일종의 허탈 상태였는지도
모르겠습니다. 또 부모님 일도 있어서요."

"어떤 일입니까?"

"저희가 모셔 오고 뻔뻔한 소리라고 생각합니다만,
집 안에서 늙은 부모님과 얼굴을 맞대고 사는 매일이
성가셔져서……."

"노인을 돌보는 건 힘드니까요. 하지만 그 무렵에는
다츠 씨도 아직 건강하셨죠?"

"예. 아직 아내도 거의 품이 들지 않았죠. 휴일에도

골프 등으로 거의 집에 없는 제가 성가시다고 느꼈다는
것도 뻔뻔한 소리입니다만, 부모님이 집에 오시고 2년
이상이 되니 지금 생각하면 그때까지 서로 눈치 보느라
하고 싶은 말도 못 하고, 저와 아내는 부모님을 손님처럼
대하고 있었는지도 모릅니다."

"부모님을 모시겠다고 했을 때 댁이 길어도 이삼 년이라고
부인에게 말했다던데요."

"그런 심산은 있었습니다. 박정하지만 노인과 사는 건
이삼 년이 딱 좋은 기간이라고, 이렇게 되니 더욱 그렇게
생각합니다. 하지만 실제 생활에서 그런 형편 좋은 소리는
할 수 없는 터라……."

"이쪽의 계산과 안 맞으니 죽어 달라고 할 수는 없었겠지!"

다가미 형사가 갑자기 내뱉듯이 말했다. 젊은 형사 쪽이 몸을 내
밀어 이야기를 재촉했다.

"3년 전이라면 료사쿠 씨가 지역의 청소 봉사로 시장에게
표창을 받았던 때가 아닙니까?"

"그 무렵 아버지는 아직 노익장이셔서……그건……."

그건 노인의 옹고집이었을까. 그 무렵의 아버지는 늘어
기력이 쇠하기 전에, 긴 인생의 마지막 힘을 끌어내고
있었던 것인지도 모른다…….

평온한 겨울 햇살이 거실에 비쳐 드는 일요일 오후, 골프를 치러 갈 기력도 없어 나는 소파에 등을 기대고 늘어져 있었다. 문득 카페트에 그늘이 지고 정원에 아버지가 서 있었다. 작업화를 신고 카키색 작업복을 입고 있었다. 아침 일찍부터 지역 청소 봉사를 하러 갔다가 돌아온 모양이었다. 봉사 활동 후 공원 벤치에서 잔술을 혼자 마시고 오는 것을 좋아하는 아버지는 그날도 조금 불쾌한 얼굴로 앞으로 몸을 수그리고 허리에 끼운 수건을 꺼내 목덜미 땀을 닦으며 말을 걸었다.

"오늘은 골프 치러 안 갔냐?"
"사회생활이에요. 좋아서 하는 게 아니라."

귀가 잘 안 들리는 아버지는 말꼬리만 듣고 큰 소리를 냈다.

"좋아하지도 않으면서 맨날 가는 거냐, 바보 같은 놈이군.
가끔은 집에 있나 했더니 아무것도 안 하고 얼이라도
빠진 것처럼 멍하니 있지. 마누라와 애들 야단도 못 쳐.
흥, 뭐냐 그 꼬락서니는. 그래도 네가 애비냐? 한 집안의
가장이냐!"

아버지는 바지의 먼지를 수건으로 털고 굽힌 허리를 펴, 뼈가 앙상한 상체를 어색하게 우뚝 세웠다. 늙은 아버지가 침을 탁 뱉자 목이 작게 경련했다. 오후 햇살을 맞아 붉어진 대머리와 귀 부근

144

에 약간 남아 있는 백발이 빛나고 있었다.

"네 일은 틀려먹었어. 선전 따위 경박한 일을 하니까
인간이 얄팍해지는 거다. 광고 따위 시시해. 쓸모도
없고 거품 같은 거다. 그런 일로 바쁘니까 혼에 힘이 안
들어가지. 내 일생 쌀을 생산하는 일을 했다. 논을 갈고
씨를 뿌리고, 모를 심고 벼를 기르는 건 너도 알다시피
허망한 거품 같은 게 아니야. 매일 태양 아래에서 벼의
상태를 살피고 땀을 흘리며 보살피지 않으면 쌀은 한
톨도 익지 않아. 아, 그렇지. 너는 그런 농민이 되는 걸
싫어했으니 어쩔 수 없지. 목숨을 걸고 사회에 보탬이
되는 일을 해 오지 않았으니 가장 왕성하게 일하는
나이에도 집을 짓고 과장이 된 정도로 얼이 빠져 버린
남자가 된 거다."

"지금은 농민도 샐러리맨 같은 거예요."

"아? 뭐라고? 나는 이 나이에도 이렇게 사회봉사를 하고
있으니 병도 안 걸리고 노망도 안 들었다."

"그야 아버진 훌륭하시죠……."

"전부터 말하려고 했는데 눈치 보느라 아무 말 안 했지만,
네 가정은 못 봐 주겠다. 애비가 제대로 하지 않으니까
가족이 모두 뿔뿔이 흩어져 있어. 애비의 호령이
떨어지자마자 힘을 합치는 일이 없어. 각각 저 좋은대로
하고 있다."

"아버지 시대와는 다르니까요."

"흥, 마누라 기침 소리에 벌벌 떨다니 그게 무슨
꼬락서니냐!"

부엌에 리츠코가 있는 것을 알면서 일부러 들으라는 듯이 말하는
건지도 몰랐다. 어깨를 으쓱이는 방식도, 과장된 한숨을 쉬는 것
도 나보다는 리츠코에게 보여 주려는 것 같았다. 아버지는 술 냄
새 나는 노인의 숨을 틀니 사이로 핏핏 뱉으며 다시 침을 뱉고 말
했다.

"애비인 네가 남의 눈치나 보며 살고 있으니까 다카오나
나오코까지 좀스러운 인간이 되어 버리는 거다. 스스로
정말 뭘 하고 싶은지도 모르고, 방에 틀어박혀서 공부만
하고 있지. 애비인 네가 불러도 코빼기도 안 보여 줘."

"……"

"좋은 대학, 좋은 학교에 들어가는 건 사소한 일이다.
그렇지 않아도 내가 다카오와 나오코에게 한번 천천히
들려주려고 했다."

그렇게 말하고는 이층을 향해 큰 목소리로 다카오와 나오코를 불
렀다. 대답은 없었지만 둘 다 아버지 목소리를 들었는지 계단 중
간까지 내려온 모양이었다. 문 그늘에 나오코의 얼굴이 엿보였다.
저기 있네요, 내가 눈치채고 말하자 중학교 3학년인 나오코는 들

켰다는 듯이 고개를 움츠리고 방으로 들어왔고, 조금 있다가 다 카오도 따라 들어왔다.

"할아버지, 무슨 일 있어요?"

고등학교 3학년이었던 다카오 쪽은 엿듣지 않았다는 표정으로 요령 좋게 말했다.

"둘 다 거기 앉거라."

아버지는 작업화를 벗고 방에 올라가 소파에 책상다리를 하고 앉 았다.

"다카오, 넌 열여덟이었지. 여자를 안아 본 적이 있냐?"

뜬금없는 질문을 받은 다카오가 겸연쩍은 웃음을 짓고 침묵하자 부엌에서 리츠코가 말했다.

"아버님, 그런 소리는 하지 마세요."
"리츠코 씨는 조용히 하고."
"하지만 다카오는 수험생이에요."
"며느리한테도 할 말이 있다. 여기에 와서 앉거라. ……응, 수험생이니까 술은 못 마십니다, 여자는 안지 않습니다,

147

그것도 좋겠지. 참는 건 중요한 일이다. 인간, 이를 악물고
참아 내야 해. 스스로 결심한 일생일대의 일을 위해서는
피똥을 싸서라도 해 내야 한다. 하지만 말이다, 참기만
하면 인간이 쩨쩨해져. 저력까지 사라진다. 이때다 싶을
때 진심으로 화를 내지도 슬퍼하지도 못하는 싸구려
인간이 된다. 눈이 죽는다. 혼까지 썩게 돼. 여기 있는
너희들 애비처럼, 좋아하지도 않는 골프에 억지로
따라가는 남자가 되어 버린다."
　"아버님, 애들 앞에서 이 사람 얘기는⋯⋯."

내가 말하기 전에 리츠코가 안색이 변해 끼어들려 했지만 아버지
는 푹 꺼진 눈으로 리츠코를 노려보았다.

　"나는 지금 같은 요시오를 기른 기억은 없어.
　당신과 가정을 꾸리고 이 녀석은 변해 버렸어.
　천한 놈팡이가 되어 버렸지."

이번에는 나도 끼어들려 했지만 아버지는 리츠코를 향해 말했다.

　"자네는 참을성이 부족해."
　"⋯⋯."
　"자네가 꽃을 좋아해서, 그걸 하는 건 좋아. 도쿄에
　가는 것도 좋아. 하지만 가사를 소홀히 하는 건 나는

148

마음에 안 든다."

"나는 귀가 먹어도 자네 목소리는 잘 들려 다행이라고
생각하지만, 아까도 자네, 이웃 아주머니와 전화로
수다를 떨면서 애들 도시락 싸기 귀찮다고 말했잖아?
엄마가 되어 가지고 애들 도시락 싸는 걸 싫어하면 안 돼.
애들 도시락도 제대로 못 싸면서 뭐가 여자의 자립이냐.
나오코, 너도 잘 듣거라. 하나를 보면 열을 안다고 하잖니?
한 가지 일을 못 참으면 뭘 하든 되다 마는 거다."

"응, 그건 알겠지만, 아까 너무 참으면 안 된다는 얘기와
모순되잖아?"

나오코가 웃기려는 듯이 가볍게 말했다.

"그게 어려운 점이지. 즉……."

말을 하려다 목이 갈라져 아버지는 목에 걸린 가래를 참지 못하
고 기침을 했다. 콧물도 흘렸다. 나오코는 표정을 찌푸렸지만 리
츠코는 나와 얼굴을 마주보고는 아버지에게 차를 타 주고 별채에
어머니를 부르러 가는 것 같았다. 기침이 가라앉은 아버지는 만
족스러워하며 다시 이야기하기 시작했다.

"할아버지는 어릴 때부터 밭일을 하느라 참기만 했지만
큰 꿈이 있었다. 너희도 몇 번 놀러와서 알겠지만,

이타쿠라 늪이 있는 할아버지 고향이 어째서 저렇게
넓은 논밭이 되었다고 생각하느냐? 옛날엔 홍수 때마다
광독*이 흘러와서 아주 지독한 곳이었어. 그 '물가**'의
몇천만 평이나 되는 토지를 '일본의 우크라이나'로
만들어야 한다고, 관동 최고의 곡창 지대로 만드는 것이
우리 꿈이었다. 이 꿈을 실현하기까지 60년이 걸렸어."

아버지는 담배를 맛있게 빨더니 다시 기침을 하고는 말을 이었다.

"하지만 말이다, 참아도 가끔은 폭발도 해야 해. 너의 숙부
겐이치로와 료지가 전사했을 때 할아버지는 분하고 슬퍼
허영도 체면도 잊고 큰 소리로 엉엉 울며 소리를 질렀다.
할머니가 뭐라고 하든 밖에 여자도 두었어. 날뛸 때는
그런 자신과 열심히 대치해야만 해."
"아버지, 그 얘기는……."

내가 허리 부근을 쿡 찌르자 아버지는 고개를 끄덕였지만 "너처
럼 마누라랑 애들 눈치나 보고, 그래도 애비냐." 하고 말했다.
"다카오도 나오코도 책상에만 붙어 있으면 청춘이 다

---

*
鑛毒, 광물을 채취할 때 나오는 폐기물이나
매연 등 사람이나 농작물에 해를 끼치는 물질.

**
상습수해지역을 가리킨다. 큰 늪이 있던
해당 지역이 일상적으로 수해를 입었는데
지역민들은 이를 물가라고 불렀다.

가 버린다. 책상에서 하는 공부는 방귀 같은 거야. 냄새가
나 코를 쥐어 막을 뿐이지. 좀스럽게 그런 걸 하고 있으면
천한 어른이 된다. 너희들은 젊으니 마음껏 젊음을
폭발시켜야 해."

"폭발이라. 그거 좋은데요, 할아버지."

다카오가 비위를 맞추듯이 말했다.

"하지만 제대로 된 대학에 들어가야 좋은 회사에 취직할 수
있으니 좀스럽게 공부할 수밖에 없잖아요?"
"바보 자식! 젊은이가 세상을 다 아는 노인 같은 소리를
하다니!"

아버지는 고개를 부르르 떨면서 보청기 이어폰을 움켜쥐어 빼내고
는, 허리에 찬 전대에서 지갑을 꺼내 다카오 앞으로 던졌다.

"그 돈으로 마음껏 폭발하고 와라. 여자를 안아도 돼.
밖에 나가서 그 썩어 빠진 머리통에 바람 좀 넣고 와라!"

내가 그러면 안 된다고 말하고, 어머니 손을 잡고 방에 들어온 리
츠코도 말렸지만 아버지는 다카오를 쫓아내듯 고함을 질렀다.

"뭘 꿈지럭거리고 있냐. 얼른 갔다 와!"

도망치듯이 방을 나가려는 다카오 등에 아버지가 말했다.

"그 돈은 전사한 겐이치로와 료지가 젊은 목숨과 맞바꿔
나라에서 받은 돈이니까, 다카오, 남자답게 쓰고 와라."

아버지는 일어서더니 아직 청소 봉사 일이 남아 있으니 나간다고
하고 나오코에게 함께 가자고 했다. 도로 옆에서 빈 캔 등을 줍자
는 것이다.

"하지만 난 숙제해야 해."

나오코는 자기 엄마의 눈치를 살피며 그렇게 말하고는 휙 몸을
돌려 이층 자기 방으로 가 버렸다. 쓸쓸한 듯이 자조 섞인 웃음을
떠올린 아버지는 이제 아무 말도 하지 않고 작업화를 신었다. 아
버지는 리츠코가 어쩔 수 없다는 듯이 건네준 모직 머플러를 목
에 감고 두 다리가 굽은 농부가 걷는 방식으로 큰 비닐을 가지고
나갔다. 무슨 일이 일어났는지 알지 못하고 조그맣게 앉아 있는
어머니와 말도 없이 정승처럼 우두커니 서 있던 우리 부부만 햇
살이 기울어지기 시작한 휴일의 거실에 남겨졌다.

다카오는 밤이 늦도록 돌아오지 않았다. 아버지가 늘 전대
에 넣어 갖고 다니는 지갑에는 몇만 엔이 들어 있던 모양이었다.

"곤란하네, 아버님도 가정을 뒤흔드는 말씀을 하시고.

다카오도 나오코도 입시까지 앞으로 두 달도 안 남았어.
지금이 가장 중요한 때라고."

리츠코가 말하지 않아도 그건 알고 있었다. 특히 다카오는 공통
1차시험*을 앞두고 있었다.

　설마 여자를 안고 있는 건 아니겠지. 아니, 그 정도 저지르
는 쪽이 낫다. 자신이 부친으로서 해야 할 말을 조부가 말해 준 것
뿐인 게 아닐까. 나오코는 어째서 같이 안 갔을까. 하지만 아버지
답게 갔다 오라고 말을 하지도 못했다. 조부와 손녀가 거리의 빈
캔을 주우며 걸어 다니는 정다운 광경을 떠올리며, 나오코가 거
절한 것에 내심 안심하고 있었다. 어린 시절부터 조부모와 살지
않아 어리광을 부리지 못하고 남을 대하듯이 그렇게밖에 굴지 못
하는 걸까.

　예전에는 지금 같지 않았다. 단지에서 살던 때에는 가족
넷이서 마이홈 설계도를 이리저리 고치며 소란스럽게 보냈다. 그
리고 막 조성한 이 토지에서 도시락을 펼치고 소풍 같은 하루를
보낸 날, 중학교 1학년이던 나오코는 운동화 뒤축으로 집을 지을
땅에 방의 배치도를 그리며 방방 뛰었다. 집이 완성되고 이사했
을 때도 가장 들뜬 것은 나오코였다. 리츠코도 젊어졌다. 그리고

나 자신이 누구보다도 당당하게 가슴을 펴는 기분으로 한 집의
아버지답게 행동했다.

"요즘 나오코는 뭘 생각하는지 모르겠어."

"사춘기니까, 감정이 좀 불안정한 거야."

리츠코 쪽은 아직 돌아오지 않는 다카오만 걱정하고 있었다.

"그 애, 할아버지에게 받은 돈으로 친구에게 오토바이를
샀을지도 몰라. 아아, 틀림없어. 이렇게 중요한 시기에
오토바이를 타고 돌아다니다가 폭주족에라도 들어가면
어떻게 할 거야."

"……."

"안 들려?"

"뭐가……?"

"오토바이 소리야."

귀를 기울이자 어둠 속까지 긁어내는 듯한 질주음이 주택가 어둠
속으로 울려 퍼졌다.

다카오는 고등학교에서 교칙으로 금지된 오토바이를 타
던 시기가 있었다. 밤늦게 엄청난 엔진음을 울리며 몇 명의 친구
가 놀러 오면 다카오도 따라 나가는 일이 있었다. 3학년이 되고서
는 오토바이를 친구에게 팔아 버리고 수험 공부에 집중하게 되어

내버려 뒀다. 리츠코는 그렇게 말하고 돈을 준 게 나인 것처럼 탓하고 또 아버지를 비난했다.

"아버지에게는 내가 잘 말해 둘게."

하지만 그때, 뭐라고 말하면 좋았을까. 연로하신 아버지에게 욕을 먹은 것은 나였다. 마이홈을 세우기 위해 참아 온 내 삶의 방식, 그렇게 아내와 쌓아 온 가정, 평범한 내 가족이 욕을 먹은 것이다. 뻔뻔하게 나갈 수밖에 없었지만 뱃속 깊은 곳에 힘이 들어가지 않고 멍한 날들을 보내던 내가 마이홈 자금을 준 아버지에게 대들 말은 없었다. 아버지가 말했듯이 어느 틈에 진심으로 화를 내지도 슬퍼하지도 못하는 초라한 남자가 되었던가.

어둠 속에 울려 퍼지는 오토바이의 질주음은 어둠 그 자체가 찢겨 신음하듯이 높아졌다. 우리 가족을 놀리는 듯한 클랙슨이었다. 주택가의 중심 도로 언덕을 열몇 명의 젊은이들이 대형 오토바이를 타고 돌아다니는 모양이었다. 리츠코는 오한에 사로잡힌 것처럼 두 귀를 막고 온몸을 부들부들 떨었다. 그리고 아버지 앞에서 침묵하던 내 한심함을 조목조목 늘어놓았다. 나는 아내의 비꼬듯이 과장된 동작에서 눈을 피했다. 거기에 대립하는 인간이 있는 것 같은 기분이 들었다.

밤이 반은 지나고서야 돌아온 다카오는 "남자답게 쓰라고 해도, 나는 쓸 방법을 모르겠어. 오토바이는 졸업했고, 쓸 데가 없어." 내뱉듯이 그렇게만 말하고 할아버지 지갑을 어머니에게 던지고는 제 방으로 들어갔다. 안 쓴 돈은 리츠코가 아버지에게 돌려주기로 했지만, 아내도 자기가 아버지에게 들은 말을 생각하느라 잠을 이루지 못하는 것 같았다.

얕은 잠에 빠졌던 나는 다음 날 아침 제시간에 일어나 거울을 보며 면도를 하고 넥타이를 맸다. 먼저 일어난 리츠코는 묵묵히 다카오와 나오코의 도시락을 싸고 있었다.

현관을 나서서 조금 걷다가 문득 돌아보았다. 우리 집은 아침 햇살을 받아 지붕에 얇게 내린 서리가 눈부시게 반짝이고 있었다. 어제와 똑같은 평범한 하루가 시작된 것이다. 잠을 설친 내 눈에, 아침 햇살을 맞은 우리 집이 흔들리고 있는 듯이 보이지도 않았다. 도로도 서리가 하얗게 내려 있었다. 아내에게 배웅을 받으며 현관을 나서는 남자들이 버스 정류장을 향해 발걸음을 서두르고 있었다. 나도 구두 소리를 울리며 서둘러 주택가의 완만한 언덕배기를 걸어 내려갔다.

육교가 있는 곳에서 대여섯 명의 노인들이 청소를 하고 있었다. 낙엽을 쓸어 모으고 있었다. 목장갑을 끼고 밭일을 할 때처럼 목수건으로 뺨을 감싼 아버지가 봉사단 단장처럼 지시를 내리고 있었다. 어느 노인이나 옷을 두껍게 껴입어 추운 것 같았지만 내가 인사를 하기도 전에 먼저 노인들이 입을 맞춰 말했다.

"오늘도 수고가 많으십니다!"

2

"……이듬해 봄, 다카오가 대학 입시에 실패한 것은
아버지에게 들은 소리 때문에 망설임이 생겨서인지도
모릅니다. 하지만 다카오는 입시를 포기하지 않고
재수 학원에 등록했고, 아버지도 반대는 하지 않았습니다.
아버지는 겨울 동안 청소 봉사 때문에 초봄부터
한 달 가까이 앓아누웠고, 겨우 나았을 때 가마쿠라
산에서 어머니의 치매 소동이 일어나 그때부터 확연히
의기초심해지고 참을성도 없어져 투덜거리는 일도 많고,
사람이 변한 것 같았습니다. 한편 어머니 쪽은 제 얼굴을
봐도 누구인지 알아보지 못하는 일이 빈번해졌고, 입만
열면 불편한 몸에 관한 불평불만뿐이었습니다."

그 무렵의 어머니는 흐릿해지는 기억의 그림자 사이를
손으로 더듬듯이 아들인 나를 찾아 헤매고 있었던 걸까.

157

불편한 눈에 눈물이 고인 채 내가 눈앞에 있는데 요시오는 어디에 갔느냐고 말한다. 여기에 있잖아요, 나는 회사 일로 바쁘니까 리츠코에게 뭐든 부탁하세요, 아버지도 계시잖아요. 아버지는 귀가 먹어서 금방 화를 내고, 내 얘기는 통 들어 주지 않는단다. 나는 말이야, 요시오와 이야기하고 싶어. 무슨 얘기요? 중요한 이야기라고 생각하고 손을 잡아 주고 잘 보이도록 얼굴을 가까이 갖다 대자 어머니는 잠깐 침묵한 뒤 '변비'야, 하고 말했다. 매일 실수를 해서 리츠코를 곤란하게 만드는데 변비일 리가 없었다. 리츠코가 어려워 거짓말을 하는 건가. 약을 드시면 되잖아요? 약을 먹어도 안 나와. 보렴, 이렇게 해골처럼 말라 버려서는. 보렴, 혀도 자, 이렇게 백태가 껴서, '수세미' 같아서 아파. 온몸에 독이 퍼진 거야. 정맥이 파랗게 불거진, 쭈그러들어 뼈가 불거진 팔을 보여 주는 것만이 아니라 곰팡이처럼 흰 백태가 낀 혀까지 쭉 내밀어 요시오에게 봐 달라고 하고 싶은데 그의 모습이 안 보인다고 했다. 여기서 봐 드리고 있잖아요. 그렇게 말하자 댁은 누구시죠? 갑자기 새삼스럽게 시골말로 물으며 주름이 자글자글 잡힌 눈두덩 사이로 금이 간 유리알 같은 눈이 나를 바라볼 뿐이었다. 곁에서 아버지가 나는 이제 귀가 완전히 먹었다면서 이비인후과를 돌던 때부터 감기로 앓아누웠을 때 증상까지 끊임없이 늘어놓기 시작했다. 아버지와 어머니는 서로의 말은 들으려고 하지 않고 서로 자기 불편함만 늘어놓으며 반복해서 나에게 호소했다. 80년이나 썼으니 몸도 고장이 날 만하죠, 하고 반쯤 농담으로 위로했지만 어머니까지 귀가 먹은 것처럼 이쪽 말은 들으려고도 하지 않았다. 그리고 어머니는 미라 같은 손으로 나에게 매달려 이렇게 말했던 것이다.

나는 말이야, 곧 죽어. 너희 아버지보다 먼저 죽는단다. 반드시 죽어 주고말고. 내가 먼저 죽어서 아버지를 데려가 주고말고. 그러면 니희에게도 좋은 일이니깐. 리츠코 씨가 이 별채를 꽃 가르치는 교실로 쓰면 되니까.

그런 생각은 안 해요.

요시오에게 버려져도 원한은 안 가질 거야.

안 버린다니까요!

화가 나서 큰 소리를 내 버렸다. 그러자 어머니는 겁이 난 얼굴이 되어 목에 걸고 있는 미아 방지 이름표를 만지작거리다가 또 같은 소리를 해 댔다.

아버지는 그런 어머니에게 심한 욕설을 퍼붓고, 심지어는 어머니를 때리고, 거칠게 걷어차는 일까지 있었다. 나는 막으려 했지만 어느새 소심해진 노인 내부에서 젊은 시절의 욱하는 성격이 튀어나온 아버지가, 마치 어쩔 수 없이 부모에게 짜증이 난 나 자신인 것만 같았다. 아버지의 피를 이어받고 늙은 어머니의 추한 피가 엉겨붙은 내가 두 노인을 몸에서 떼어 내고 싶어, 노망난 어머니를 때리고 걷어차고 있는 것만 같았다.

완전히 겁에 질린 어머니가 변을 지려 야윈 몸에서 똥 냄새가 물씬 올라왔다. 얻어맞고 앙갚음으로 오줌을 싸는 개 같아, 반쯤 웃고 싶기도 했지만 반쯤 협박받은 듯한 혐오감이 솟구쳐 나는 변이 묻은 어머니를 끌어안고 질질 끌어 화장실로 데려가려고 했다. 어머니는 일부러 그러는 것처럼 팔꿈치를 세우고 양발을 늘어뜨려 나에게 온몸을 내맡기고 걸으려 하지 않았다. 나는 리츠코처럼 어머니를 진심으로 배려하여 다정한 말을 해 줄 수도, 엄하게 화장실로 몰아넣을 수도 없었다. 어머니를 화장실 안에 버리고 오고 싶은 기분이었다.

그때 리츠코가 와서, 둘이서 어머니를 괴롭히다니 어쩌려고 그러냐고 말했다. 이런, 안 돼요, 여기서 씻겨 드려야죠. 여보, 어머니를 눕히고 뜨거운 물을 가지고 와요. 그리고 목욕물도 받고. 나는 대답을 했지만 이럴 때는 심지어 목소리까지 약했다. 목욕 준비를 하고 돌아오자 리츠코는 어머니의 다리 사이에서 몸을 숙이고 따뜻한 물로 닦고 있었다. 곁에 더러운 속옷이 한데 뭉쳐져 있었는데 온 방에 구린내가 진동해 코가 떨어져 나갈 것 같았다. 걷어 올린 잠옷까지 변이 묻어 있자 리츠코가 "여보, 벗겨 드려요." 하고 말했다. 나는 벌거벗은 어머니의 하반신을 보지 않으려고 어머니 어깨 쪽에 앉아 벗기려고 했다. 갈비뼈가 앙상하게 드러난 납작한 가슴에 달라붙은 어머니의 유방은 쪼그라 붙은 주름 주머니였다. 갓난아이였을 때 내가 빨고 뺨을 대었던 유방이라 생각하자 죄책감만 차올라, 눈을 돌리자 어머니의 하반신에 시선이 닿았다. 아내는 거친 숨소리를 내며 털이 다 뽑힌 새 같은 어머니의 엉덩이를 들어 올려 내게도 거들라고 하고 사타구니 주름에 엉긴 변을 문질러 떼고 있었다. 버석버석한 피부가 거기만 약간 부풀었고 흰 털이 뒤섞인 빈약한 수풀이 보였다. 아버지가 애무하고 내가 태어난 곳. 늙어서 뼈만 남은 어머니의 몸을 살살이 보아야만 한다, 눈을 돌리면 안 돼, 하고 자신에게 말했지만 피한 시선을 둘 곳이 없어 어머니의 머리를 바라보았다. 하지만 성긴 백발 사이로 비치는 '기미'가 떠오른 두피가 꼭 방금 전에 목격한 음부 같았다.

발가벗겨진 어머니는 유방을 숨기듯이 가슴 위에 양손을 움츠리고 멍하니 눈을 부릅뜨고 있었다. 그 무렵에는 리츠코에게 화장실에 몰려 가도 욕은 하지 않았지만 얌전해진 어머니는 리츠코에게 '아랫도리'를 닦게 하고 몸을 내맡기고 있는 자신을, 나와 아버지에게 일부러 보여 주는 것 같았다. 빨리 끝내 주면 좋겠다고 생각하는데 리츠코는 나와 아버지를 궁지에 모는 것을 즐기듯이, 일부러 그러는 것처럼 정중한 손길로 움직였다. 오늘은 '실수'를 한 할머니가 나쁜 게 아니야. 괜찮아요, 신경 쓰지 않아도. 어머니에게 다정하게 말을 거는 리츠코가 아무렇지도 않게 아버지에게 말했다. 아버님, 걷어차서 미안하다고 생각하지 않아요? 어머님께 사과하지 않으셔도 되나요? 방 구석에 책상다리를 하고 딴청을 피우던 아버지가 입 안으로 쭝덜쭝덜 중얼거렸다. 그런 작은 목소리로는 어머님께 안 들려요. 두 명의 여자가 공모하고 나와 아버지를 책망하는 것만 같았다. 아버지는 고집을 부리며 침묵하고 있다가 문득 한숨을 쉬고 혀를 차며 중얼거렸다. 정말, 정말이지…… 그 혼잣말은 나도 요즘 문득문득 입에 올리는 말이었다. 어쩔 수 없이 내뱉는 말처럼 입에서 튀어나오는, 하지만 완전히 뱉어 버리지도 못하고 질척한 침에 섞어 몸 안쪽으로 삼켜 버리는, 자신을 향한 짜증 섞인 중얼거림. 그런 나는 완전히 늘고 초라한 아버지와 똑같지 않은가…….

당신, 뭘 멍하니 있어요. 어머님 감기 걸리시잖아요. 리츠
코에게 그런 소리를 듣고 어머니 가슴에 이불을 덮었지만 어느 샌
가 어머니는 손가락으로 변 알갱이를 만지작거리고 있었다. 곁에
있던 속옷에서 변을 주운 어머니는 점토 장난감처럼 덩어리를 이
기며 엷은 웃음을 띠고 있었던 것이다. 그게 무슨 짓이에요, 어머
니. 이러면 안 돼죠, 사람 곤란하게! 나는 어색하게 농담처럼 말했
다. 그것을 계기로 어머니의 변 냄새와 노인 두 사람의 몸에서 아
지랑이처럼 피어오르는 쉰내를 새삼 인식하게 되자 더 이상 견딜
수 없었다. 어머니의 더러워진 속옷을 버리러 가는 척 별채를 나
서려 했다. 그러자 리츠코가 불러 세워 그건 나중에 어머니에게
빨라고 하죠. 할 수 있는 일은 스스로 하지 않으면 치매가 심해지
기만 하니까. 그렇게 말하고는 다시 아버지에게 단호하게 말했다.
아니, 아버님이 빠세요. 오늘의 '실수'는 아버님 때문이니까요.

어쩔 수 없이 아버지 대신 내가 어머니 속옷을 빨았다. 하
지만 목욕물을 받고 먼저 들어가기로 했던 아버지가 갑자기 소리
를 질렀다. 팬티를 벗고 벌거숭이가 된 아버지가 별채 부엌에 큰
대자로 누워 고함을 지르고 있었다. 모두 나만 가지고 악당 취급
을 하고! 흥, 뭐냐, 이 집을 누구 덕에 지을 수 있었는데? 우리가
양로원에 들어가면 좋겠다고 생각하겠지만, 그러면 돈은 모조리
그대로 토해 내라. 내 돈이 아까워서 하는 말이 아니다. 나는 양로
원 따위 절대 안 간다. 할멈도 못 들어가게 할 거다. 그런 데 들어
가 봐라, 마을 사람들이 뭐라고 떠들지. 아들이 부른다고 고향도

버리더니 돈만 뺏기고 양로원에 버려졌다고 비웃음만 당할 걸.
그래도 쫓아내겠다는 거냐!

몰래 술을 마셨는지 술기운이 돈 아버지는 기골이 큰 불그
스름한 몸을 퍽퍽 치면서, 불끈불끈 움직일 것 같지만 축 늘어진
새까만 성기를 보란 듯이 까 보이고 떼를 쓰는 아이처럼 소리를
질렀다. 나와 리츠코를 욕하면서 동시에 자신에게 들려주듯이. 나
는 아들 새끼와 며느리가 귀찮아할 정도로 노망나진 않았다. 할
멈도 노망나지 않았어!

이런 밤이 끝나고 나도 리츠코도 조개처럼 입을 다물었
다. 다카오와 나오코는 모든 것이 내 잘못이라는 것처럼 나를 피
했다. 어머니의 이상한 행동을 보고 웃거나 아버지의 방식을 웃
음거리로 삼아 웃는 일도 없어졌다. 저기, 리츠코, 가끔은 가족 네
명이서 오붓하게 일박으로 여행이라도 다녀오면 어떨까? 침실에
들어선 나는 아버지와 어머니 화제는 피하고자, 실현할 수 없을
것임을 알면서도 말해 보았다. 리츠코는 아무 말도 없었다. 온몸
으로 비난하듯이 완고하게 내게 등을 돌리고 있었다. 나에게 호
소하고 싶은 것이 태산만큼 있을 텐데 모두 삼키고 침묵하고 있
다. 완전히 지쳐 둥글게 말린 어깨가 상처투성이인 것 같아 다정
한 말을 건네고 싶었지만 도저히 말을 찾을 수 없었다. 나는 리츠
코의 침대에 몸을 기울여 아내의 등에 손을 댔다. 다정하게 껴안
으려 했다. 그 손을 리츠코가 험악하게 쳐 냈다. 저리로 가요! 그
럴 마음이 안 들어, 당신이 아버님 같아서.

내 자리로 밀쳐져, 나도 리츠코에게 등을 보였다. 서로에

163

게 등을 돌리고 어둠을 바라보고 있었다. 이윽고 띄엄띄엄 이어진 꿈속에서 나는 무작정 달리고 있었다. 머리카락이 발목을 휘감아 제자리로 끌어당겨지면서, 자신을 꾸짖으면서, 달리고 있으면 아무것도 생각하지 않아도 된다고 생각하고 기력이 돌아오기를 바라며, 달리고 또 달리고 있었다……

"그런 연유로 아내는 어머니 간병과 재수생인 다카오에게
신경을 쓰느라 표정이 날카로워지고 저에게 짜증을
부리는 일이 잦아졌습니다. 부모님 때문에 부부 사이는
차가워지기만 하는 것 같았습니다. 저는 집에 돌아오는
것이 부담스러워 아내에게는 미안하다고 생각하면서도
다른 여자와 식사를 하거나 술을 마시고 돌아다니는 일이
많아졌습니다. 아니요, 회사의 젊은 여자는 아닙니다.
프리랜서로 디자인 일을 하고 있는 독신의 서른여덟 살
여자였습니다. 특별히 친해진 것은 재작년
연말 무렵이었죠……"

나는 전부 내던지고 도망치고 싶었다. 부모님과 아내
사이에 끼어 버린 가정과, 나와 피로 이어신 늙은
부모에게서 도망치고 싶었다. 어쩔 수 없이 내 몸 안에
퍼져 버린 것, '그것'이 나를 부추겼다. 자신에게 분노하는
감정 비슷한 것을 일으키고 있었다. 아직 내 안에 다 타지
못한 잉걸불 같은 것이 남아 있었다. 남아 있을 터였다.

리츠코와 20년간 쌓아 올린 가정. 다카오와 나오코를
기르고 마이홈을 가졌는데 둘이서 물속에서 숨을
죽이듯이 견뎌 온 생활. 무엇을 지켜 왔는지 알 수 없었다.
아버지가 뭐라 욕을 하든 처음부터 지킬 것은 없었던
것이 아닌가. 그저 늙은 부모를 버리고 싶었다……
부모님만 죽어 준다면…….

보드라운 손으로 내 손을 감고 서로 몸을 기울이며 그녀가 나를
소파 쪽으로 이끌었다. 봄이 되고부터는 퇴근할 때, 혹은 아내에
게는 골프 치러 간다고 하고 여자의 방에서 지내는 시간이 늘어
났다. 여자는 내 가족에 관해 한 번도 물으려 하지 않았고, 자신의
여태까지 삶에 관해서도 거의 입에 올리지 않았다. 그녀는 그늘
진 표정으로 홀로 본 외국 영화나 다 읽은 소설 이야기를 했다. 이
여자에게서는 생활의 냄새가 나지 않는군, 이런 여자도 있구나.
처음에는 놀라고, 이윽고 끌리는 이유를 알았다.

　　밖에서 식사를 할 때 여자는 와인 리스트에서 자기 취향의
품명을 골랐고, 시간을 들여 요리를 천천히 음미했다. 서둘러 먹
는 나를 그녀는 포크를 내려놓고 신기한 듯이 바라보고 있었다.
천천히 못 먹어? 이상하다는 듯이 물어본 일이 있다. 비난하는 투
는 아니었지만 굴욕과 비슷한 기분을 느끼고 농담처럼 빨리 먹
는 것도 업무라고 말했다. 마음대로 식사하는 독신 생활이 익숙
한 그녀는 편식도 하는 모양인지 깨끗하게 다 먹지 않고 식사 중
에 담배에 불을 붙이고 이야기에 열중하기도 했다. 그런 점이 신

선해서 젊지는 않은 여자가 소녀처럼 보였다.

그날도 나는 평소처럼 가는 길에 프랑스산 와인과 치즈를 사서 방문했다. 수면 밑처럼 미광이 흩어지는 여자 방에서 소파에 나란히 앉아 잔을 기울였다. 귀부(貴腐) 와인이네. 독일어로는 에델포일레, 불어로는 푸리튀르 노블. 고귀한 부패라니 세련되었지. 그녀는 와인을 음미하며 살며시 미소 지었다. 그 동작이 단아하게도 보이고, 마흔에 가까운 독신 여성의 쓸쓸함도 느껴졌다.

그 무렵의 나는 쫓기듯이 여자의 방에 가서 잠시 동안의 충족감을 느끼고 있었다······.

와인의 취기가 완만하게 돈 여자의 나른한 몸짓에서 미지근한 성감이 배어 나왔다. 서로 껴안고 몸을 어루만졌다. 그날도 나는 그녀와 서로 껴안으며 커튼 사이로 밖을 바라보았다. 맞은편 맨션에 석양이 비치고 있었다. 그늘진 곳에서 밝은 햇살이 항상 넘치는 맞은편을 바라보는 것 같은 기분이었다. 오렌지색 석양이 눈부신 맞은편 베란다에서, 나이가 리츠코쯤 되는 여자가 햇살에 말린 따뜻한 이불을 걷고 있었다. 그녀 곁의 의자에는 노인이 앉아 있었다. 아버지보다 젊지만 혼자 사는 노인이리라. 일요일에 딸이 와서 수발을 들고 있는 모양이야, 하고 그녀가 말한 적이 있었다. 중년 여성은 이불을 걷으면서 부친에게 말을 걸고 있었다. 목소리는 들리지 않았지만 방에 들어가라고 재촉하고 있는 것이리라. 노인과 중년 딸이 들어가자 유리문이 닫혔다. 노인은 유리

에 얼굴을 바짝 대고 밖을 잠깐 내다보기도 했지만, 커튼을 친 방
은 꼼짝도 하지 않았고 이미 아무것도 보이지 않았다. 그저 그것
뿐인 광경이었지만 내장이 비틀리는 기분에 사로잡혀 눈을 돌리
고 싶은데 그러지 못하고 바라보고만 있었다.

　　뭘 보고 있어? 아니 그냥⋯⋯. 여자의 풍성한 머리카락에
얼굴을 묻었다. 눈을 감는다. ⋯⋯휘청이며 넘어질 것 같은 어머
니를 리츠코가 걷게 하고 있었다. 아장아장 걷기 시작하는 아이
에게 그러듯이 말을 걸어 주며 걷게 하고 있다. 아내의 손을 놓
은 어머니가 몸이 기울어져 이상한 방향으로 가 버린다. 아뇨, 아
뇨, 그쪽이 아니에요. 리츠코의 말에 나도 입을 열었다. 그렇게 응
원하면서 어머니 등을 밀고 있었다. 넘어진 어머니가 잡아당기는
바람에 함께 넘어져 일어나지 못하고 발버둥치는 아내가 나를 올
려다본다. 눈꺼풀 아래의 어둠 속에서 집요하게 떠오르는 아내와
부모의 얼굴에서 도망쳐 깊이 숨을 들이마신다. 모든 것을 잊고
이 여자와 한없이 바닥으로 떨어지고 싶다. 깊은 구멍에 여자와
상처를 얽어매듯이 추락하고 싶었다.

　　희고 연약해 보이는 여자의 살갗은 싱싱하고 보드랍다. 손
을 미끄러뜨리면 등에 약간 부풀어오른 것이 느껴지는 작은 자국
이 있다. 손끝으로 확인하고 애무한다. 그런 내 손톱 사이에도 어
머니의 변 냄새가 찌들어 있다. 손톱이 나를 올려다보는 아내의
눈 같았다. 여자의 자국에 입술을 대고 이제까지 그곳에 닿은 남
자를 생각하자 불쑥 질투심이 솟아 나를 부추겼다. 자국에 이빨
을 대고 더욱 세게 깨문다. 아얏! 여자가 몸을 비틀었다. 하지만

용서하지 않았다. 양손을 돌려 힘을 주고 유방을 잡아 등의 자국에 이빨을 대고 있었다. 그 큰 가슴은 리츠코만큼은 아니어도 이미 팽팽함을 잃어가고 있었지만 손바닥 안에서 촉촉하게 땀이 배어 나오는 것이 여자의 슬픔에 반응하는 것 같았다. 등의 상처는 피가 약간 나 어둑한 조명 안에서 빛나고 있었다. 여자의 뒷목에 입을 대고 뜨거운 숨으로 속삭였다. 너랑 같이 살고 싶어……. 그녀는 미소 지었지만 아무 말도 하지 않았다. 손을 내 목에 두르고 받아들이는 자세가 되어 얼굴에 쾌락의 표정이 떠오른다. 나는 서로의 연약한 부분을 사랑하듯이 그녀의 깊은 곳으로 빠져 들어간다……. 이윽고 몸을 떼고 그녀가 말했다. 10년 전에 만나고 싶었어. 사과하는 듯한 말투였지만 혼자 살기를 결정한 여자의 여유와 단념이 담겨 있었다…….

리츠코는 도중에 눈치챈 것 같았다. 그것은 작년 5월이었다. 금요일 밤에 여자를 만나고 새벽이 다 되어 집에 돌아온 나를 회사에 전화를 걸어 본 리츠코가 추궁했다.

당신이 그 여자와 만나 즐기는 동안 내가 뭘 했다고 생각해? 당신 어머니의 '아랫도리'를 닦고 있었어. 잠옷과 시트까지 더럽혀졌어. 이건 늘 있는 일이지만, 오늘 밤은 열도 높아 곤도 선생님까지 불러야 했어. 미안하게 생각해. 정말 그렇게 생각해? 진심이야. 그럼 당신이 수발을 들어. 부탁이니 어머님 수발을 들어 주세요. 아내는 정중하게 머리까지 숙였다. 나는 딴 남자와 매일 밤 식사하러 외출할 테니까, 당신이 아버님 어머님 식사 준비부터 '아랫도리' 수발까지 들어 주세요. 응, 그렇게 해 줄 거지. 속죄로 반드시 그렇게 해 줘. 부모 자식이니까 할 수 있지? 앞으로 매일 부탁해. 알겠지. 어머님도 타인인 나보다 피를 나눈 아들인 당신이 해 주는 게 가장 기쁠 거야. 내가 해 줘도 노리코 씨로 착각하시는 걸. 나를 노리코 씨라고 믿고 계셔. 이 나는 누구야, 이 나는……

아내는 어머니가 치매에 걸리고부터 1년간 있었던 일을 하나하나 손꼽아 가며 이야기했다. 나는 침묵할 수밖에 없었다. 그러자 아내는 아들인 내가 별채에 가끔밖에 얼굴을 보이지 않고 그나마 다정한 말도 해 주지 않고는 아버지처럼 금방 소리만 지르니까 어머니가 겁이 나서 치매에 걸린 거다, 그런 나 그리고 오랫동안 괴로운 짓만 해 온 아버지 둘이서 어머니를 치매라는 껍질 안에 밀어 넣은 거라고 했다. 앞으로는 모두 당신에게 부탁할게. 하지만 그래도 회사가 있으니까 현실적으로는 무리야. 나는 우물거리면서 대답했다. 그러자 아내는 냉정한 표정이 되어 말하는 것이었다. 그러면 그 여자와 당신 일을 있는 그대로 시부모님께 들려 드리죠. 당신 아드님은 여자와 만나느라 바빠서 수발을 들 수 없다는 걸 두 분에게 말하죠. 아버님도 경험이 있으시니 이해해 주시겠네. 어머님도 포기해 주시겠지. 응, 그렇게 하자……

매일매일의 생활이 지닌 무게로 공격하는 아내 앞에서
여자 덕분에 가질 수 있었던 시간 따위는 흔적도 없이
뭉개져 버리는, 하찮은 것이었다. 하지만 그것에 아내는
질투한 것이 아닐까. 생활에 지친 리츠코 자신이 나

이상으로 그것을 원했던 것인지도 모른다.

다툰 날 밤중에 재봉 상자에서 양재 가위를 꺼내 온
리츠코의 얼굴은 광대뼈가 튀어나오고 핏발이 선 눈은
금빛으로 빛나고 있었다. 그녀는 침대 위에 똑바로
앉아 내게도 정좌하라고 하고는 양재 가위를 가슴 앞에
수평으로 움켜쥐었다. "당신은 자기 부모님을 나에게
떠맡기고 나를 배신했어. 내 손에 죽어도 불만은 없겠지."
양재 가위를 움켜쥔 두 손이 덜덜 떨리고 있었다. 어쩔
수 없다, 나는 가슴 속으로 중얼거렸다. 중얼거리며,
하지만, 리츠코가 찌를 수 있을 리 없다고 생각했다. 서로
노려보면서, 흥이 식은 기분도 들었다. 리츠코는 그런 내
반응을 느낀 것 같았다. 그녀는 가위 날을 벌렸다. 금속
부분이 미세하게 삐걱이고 희게 빛나는 날이 열렸다.
그녀는 한쪽 날 끝을 내 명치에 닿을 만큼 가까이 대고
고쳐 쥐었다. 생물의 날카로운 입처럼 쩍 벌린 가위의
한쪽 날은 리츠코의 목을 향하고 있었다. 네글리제를
걸친 리츠코의 어깨는 머리가 흐트러진 채 격한 숨소리가
날 때마다 위아래로 움직였다. 그녀의 눈이 번뜩였을 때
나는 그녀의 손목을 잡았다. 리츠코가 한쪽 날 끝으로
스스로의 목을 찌를 것 같았기 때문이다. 저항하는
그녀의 손목에 그녀 온몸의 힘이 다 들어가 있었다.
그것은 생활의 힘이었다.

그때 리츠코는 남편인 내 몸에서 풍기는, 생활과는
다른 여자의 냄새를 씻어 내려 했는지도 모른다. 양재
가위를 빼앗아 한쪽에 던지고 리츠코를 껴안았다.
"더러워, 만지지 마!" 아내의 경직된 힘이 나를 밀치고
나를 때리고, 반광란의 상태로 저항했다. 그리고 나에게
맹렬하게 달려들었다. 이윽고 몸의 중심에서 힘이 빠지고
여자의 살덩어리가 매달려 왔다. 아내의 육체에는 노모의
'아랫도리' 수발로 인한 악취가 배어 있었다. 그녀의 손톱
사이, 지친 피부 깊숙이, 팽팽함을 잃은 주름 사이, 육체의
안쪽까지 집요하게 달라붙어 있었다. 우리는 서로 그것을
떼어 내고 뜯어내려 몸을 얽고 맞붙었다. 격렬하게 얽혀
서로 부딪치며 리츠코의 전신에 찌든 내 육친의 추악한
가죽 주머니를 떼어 내고 싶었다.

새벽 빛이 침실을 비췄다. 바닥에 내던져진 양재 가위의
반쯤 열린 시퍼런 날을 닫으며 내가 생각한 것은
부모님이 죽어 주면 좋겠다는 것이었다. 두 사람이
죽으면 나는 자유로워진다, 리츠코도 자유로워진다,
해방된다.

내가 이 손으로 부모님을 죽일 수 없을까.
이 상념이 이날부터 나를 따라다녔다. 이것저것 살해
방법을 궁리했다. 회사 일을 하는 동안에도, 문득 정신이

들면 그것을 생각하고 있었다. 범죄가 되지 않고, 늙은
부모님을 안락하게 죽일 수 있는 방법을.

한 가지 찾아냈다. 부모님을 돌보는 리츠코를 흉기로
만드는 방법이었다. 며느리로서 헌신적인 그녀의 돌봄이
노인의 생명을 빼앗는다.

아내에게는 조금의 살의도 없는 것이다. 나의 살의가
그녀를 교묘하게 조종하면 된다. 그것도 배려하는
남편으로서. 아내는 오직 내 부모님에게 진심을 다하면
되고, 부모님은 행복하게 돌아가실 수 있다.

하지만 그 다음으로 생각이 나아가지 못했다. 이
아이디어만을 반복해서 생각하며 막히면 다시 처음으로
돌아갔다. 장수한 부모님이 이 이상 비참해지지 않도록,
아들인 내가 편안하게 돌아가시게 할 방법. 그것은
나나 리츠코를 위한 일이기도 했다. 하지만 내가 이렇게
생각하고 있는 건 리츠코는 모르는 일이다…….

"부끄러운 이야기입니다만, 제 여자 문제로 아내와
며칠 밤이고 다툼이 이어졌고 제 쪽에서는 이중으로
약점이 있으니 그저 빌 수밖에 없었습니다. 여자와
바로 헤어지겠다고 맹세했고 실제로 헤어져서 아내도

어찌어찌 납득했습니다. 만약 부모님 수발을 들어 주지 않았다면, 어쩌면 이혼을 생각했을지도 모르겠습니다. 그 뒤로는 저도 마음을 고쳐먹고 어제도 얘기했듯이, 작년 6월, 쉰 살 생일을 기회로 골프도 그만두고 휴일에는 집에 있게 된 것도, 실은 이런 일이 있었기 때문이었습니다.

아내는 제 여자 문제를 부모님에게 말하지 않았지만, 아버지는 다툼을 눈치채셨다고 생각합니다. 그래서 우리에게 상담하지 않고 어머니를 입원시켰는지도 모릅니다. 저도 아내의 부담을 덜어 주고 싶다고 생각했기에 반대는 하지 않았고 실제로 한숨 돌리기도 했습니다. 아니요, 그 뒤로 그 여성과는 한 번도 만나지 않았습니다."

3

이 2년간, 내 기분은 일그러진 진자처럼 움직였다.

"어머님 노망이 심해지고 처음에는 솔직히 죽여 버리고
싶다고 생각하는 일이 종종 있었습니다. 그건 치매에 걸린
시어머니를 향한 혐오와 증오였습니다."

오늘의 나는 형사에게 이런 말을 해 버렸다.

'기저귀'를 갈고 있을 때, 오물투성이인 몸을 주름
구석구석 문지르고 있을 때, 욕을 먹으며 화장실에
데려가거나 목욕시킬 때, 내 손은 증오로 굳어지고
스스로도 어쩔 수 없이 떨리며, 당장이라도 시어머니의
목을 조르고 싶었다. 죽어 주면 나는 구원받을 수 있을
텐데……. 나는 자기 생각만 하고 있었다. 그런 내
눈앞에 돌보는 내 손에 매달려 늙고 쪼그라들어 추한
고깃덩어리가 된 시모가 꿈틀거리며 제멋대로 소리를
내지르고 있었다. 막이 있는 작은 눈을 교활하게 빛내며
심술궂게 나를 찌르고 당연한 듯이 어리광을 부리고.
죽여 버리고 싶어! 그것은 형사가 말하는 살의였다.

몸 중심에서 살갗으로 치밀어 오르는 녹슨 칼날 같은
것을 억누르고, 표면은 효부로서 행동하고 있었을
뿐인지도 모른다.

남편에게 다른 여자가 있는 걸 알았을 때, 남편의 부모
따위 버리고 남편과 헤어지자……. 나는 몇 번이고
스스로에게 속삭였다. 그러면 시어머니를 죽이고
싶어하는 무서운 나로부터 해방될 수 있어, 자유로워질
수 있다. 하지만 나는 그러지 않았다. 남편을 향한
애정이 남아 있었기 때문일까. 그 질투는 남편을 향한
애정이었을까. 무너지려는 부부를 겨우 묶어 놓고 있던
것이 성가신 늙은 시부모였다. 나는 남편을 용서했지만
마음 깊숙한 곳에서는 결코 용서하지 않았다. 시부모님을
지금까지 이상으로 정성껏 봉양함으로써 남편을 궁지로
몰아넣는 것이, 나를 배신한 남편을 향한 복수라고
생각했다. 그리고 나는 실행했다. 그래도 시어머니가
입원해 한숨 돌렸다. 나는 지쳐 있었다. 시어머니가
입원하면 육체적으로 편해질 뿐만 아니라 남편에게
복수하려는 자신으로부터도 자유로워질 수 있다. 그때의
나는 시어머니를 버리려고 했다.

"아버지도 입원시키면 어때." 하고 남편이 말했다.
"그럼 당신도 편해질 텐데." 그러면 남편도 해방되어

다시 딴 여자에게 가겠지. "아버님은 내가 수발을
들게." 내가 말했다. …… 그러고서 나는 변했다. 저
노인전문병원의, 죽음을 앞에 두고 죽지도 못하는 많은
노인들이 내 안으로 들어와 버렸다…….

입원한 시어머니가 발이 나른하고 허리가 아프다고 해서 일주일
에 한 번은 시어머니 침대 옆에서 쪽잠을 자며 허리를 문지르고
발을 주물렀다. 오랫동안 들일을 한 시어머니의 다리에는 쇠퇴하
지 않는 근육이 남아 있어 파고드는 나의 손가락을 밀어냈다. 한
참 주무르고 있으면 야윈 작은 몸이 느슨해지고 잠에 빠져 고른
숨소리를 내기 시작했다. 나는 안도하고 더러워진 종이 '기저귀'
를 버리러 화장실로 갔다. 화장실 거울에 종이가 붙어 있었다. '이
것은 거울입니다. 비치고 있는 것은 자신입니다.' 거울에 비친 자
기 얼굴이 누구인지 몰라보고 무섭다고 거울을 때려 깨뜨리는 노
인이 있기 때문이다. 나는 그 종이가 가르쳐 주듯이, 거기 비친 피
곤에 찌든 자신의 얼굴을 들여다보았다. 이것이 진짜 나인가, 하
고.

그런 심야, 복도로 이어진 중증 병동에서 시끄러운 인기척
이 났다. 형광등이 희끄무레하게 비추는 복도를 몇 명의 노인들
이 슬리퍼를 신지 않은 채 맨발로, 발 뒤꿈치의 습한 소리를 내면
서 말없이 왔다 갔다 하고 있었다. 우리 시아버지처럼 뼈대가 큰
노인이 시어머니를 닮은 작은 체구의 노파 어깨를 잡고 질질 끌
고 가듯이 걷고 있는 한 쌍도 있었다. 그 노인은 한밤중에 상대를

가리지 않고 잡아 간호사가 멈추지 않으면 쓰러질 때까지 걷는 심한 배회벽이 있는 노인이었다. '기저귀'만 찬 벌거벗은 노인도 있었는데 고개를 부르르 떨며 입 속으로 계속 혼잣말을 중얼거리며 걷고 있었다. 살 의지를 잃어버린 노인들의, 갈 곳 없는 한밤중의 행진 같았다.

어느 날 노인들이 잠든 조용한 복도의 안쪽까지 들어가 본 적이 있었다. 역시 한밤중이었다. 복도 안쪽에서 엄청나게 많은 벌레가 기어다니는 것 같은 소리가 들리고 있었다. 그것은 일본식 큰방의 장지문 장지가 뜯기고 찢어지는 소리였다. 누가 처음 시작했는지 침상을 기어 나온 노인들이 장지문에 달라붙어 장지를 뜯어 찢은 다음 자기 입에 밀어 넣고 있었다. 이가 없는 입으로 집어삼키며 혀를 쩍쩍 울리고, 다시 손톱을 세우고 장지를 뜯어낸다. 그것이 죽지 못하는 노인들의, 심야의 공동 작업이었다.

아버님이 이타쿠라에서 벌이신 일은 이야기하지 말죠. 나는 남편에게 말했다. 알아, 하고 남편은 말했다. 나오코도. 나오코는 조용히 끄덕였지만 불쾌한 얼굴이었다. 일요일이라 세 명을 끌고 시어머니 병문안을 왔지만 고등학교 2학년인 나오코는 치매에 걸린 노인 환자들을 보고 싶지 않은 모양이었다. 다카오는 할머니가 입원하고 3개월째인데 딱 한 번 오고 끝이었다. 하지만 나는 억지로 끌고 오지는 않기로 했다. 대학 입시에 또 실패해 삼수째인 다카오는 여름부터 말수가 적어졌다. 내가 남편과 여자 일로 다툰 것도 영향을 끼쳤을지 모르지만 11월 말이 되자 다카오는 눈에 띄게 초조해하고 있었다. 표정까지 험악해졌다. 그때 할아버지의 가출 소동이 벌어진 것이다.

유서 같은 메모까지 남기고 이타쿠라에 가서, 선조 대대로 위패를 모신 절 묘지에서 구멍을 파고 한밤중에 거기에 웅크려 반야심경을 외우고 있던 시아버지는 어째서 그런 짓을 했을까. 곤도 선생님이 말하는 치매 증상이 아니라, 남편과 내가 며칠 전에 한 말이 마음 약한 노인을 자살로 몰아넣은 것일까.

며칠 전 밤, 본채 소파에서 멍하니 앉아 있는 시아버지를 곁눈질하며 남편이 농담처럼 말했다. 우리에게 설교하던 아버지가 저런 모습이라니. 이제 청소 봉사도 안 가게 됐는데, 뭐가 사는 보람이라고 살아 계신지 여쭤보고 싶네. 다 들려. 나는 남편 무릎을 쿡 찔렀다. 안 들려. 하지만 시아버지는 푹 꺼진 눈을 들어 남편을 바라보았다. 무엇인가 말하려 입가를 떨고 있었다. 괜찮아요, 아버님, 무리하지 마세요……. 나는 위로했지만 시아버지는 남편의 잔인한 말보다 오히려 며느리의 다정한 말에 더 큰 타격을 입은 것은 아닐까. 그리고 어머니를 병문안하러 갈 때마다 수많은 치매 노인들을 본 시아버지는 자신도 그렇게 되기 전에 죽으려 한 것이리라.

노리코 씨가 돌려보낸 시아버지는 정말 기억이 없는지 아니면 모르는 척하는지 이타쿠라의 묘지에서 자신이 한 짓은 기억하지도 못하는 모양이었다. 무단으로 가출한 것은 사과했지만 될 대로 되라는 듯이 전보다도 식욕이 왕성해져 세 끼를 다 드셨다. 틀니 씹는 소리를 딱딱 울리며 일부러 그러는 것처럼 식사 도중에 꺼억 트림을 했다. 전부터 다카오와 나오코는 싫어했지만 특

178

히 잔뜩 짜증이 난 다카오가 죽지도 못한 게 잘 먹네, 하고 노골적으로 비아냥거려도 귀가 먹은 할아버지는 모르는 척 리츠코 씨, 밥, 하고 밥그릇을 내밀었다. 시어머니를 퇴원시키면 비록 내 일은 늘어나겠지만 별채에서 노부부끼리 식사하게 할 수 있다. 나는 그런 생각을 하며 병원 복도를 걷고 있었다.

병원 문은 열려 있었다. 들어가서 바로 코앞에 있는 침대에 할머니가 등의 욕창이 아픈지 옆으로 누워 있었다. 우리가 온 것을 깨닫지 못하고 얼굴 앞에 두 손을 합장하듯이 들어올리고 있었다. 무엇인가 빌고 있는 건가 했지만 관절이 불거진 야윈 손가락에 끼워진 두꺼운 금반지를 다른 손가락으로 어루만지면서 불편한 눈으로 바라보고 있었다.

그것은 연금으로 산 반지로, 내게 유품으로 물려주겠다는 것이 시어머니의 입버릇이었다. 입원하고서는 하루 종일 침대에서 반지를 만지고 있는 모양이었다. 뼈가 불거진 시어머니의 가는 어깨에 손을 대고 말을 걸었다. 시어머니는 깜짝 몸을 떨더니 실처럼 가는 눈으로 올려다보았다. 눈꺼풀의 힘이 약해 주름이 새겨진 양 눈꺼풀이 시야가 막힐 정도로 내려앉아 있었다. 그렇지 않아도 눈이 불편한데 시야가 가로막혀, 어둠에 뭉개진 틈으로 흐릿하게 보일 뿐일 것이다. 시어머니에게 남편이 얼굴을 내밀고 좀 어떠세요? 하고 물었다. 시어머니는 입을 벌리고 턱을 움직여 눈꺼풀 사이로 가족의 얼굴을 순서대로 둘러보았다. 시어머니는 나오코도 와줬구나? 하고 웃으며 말했다. 그날 따라 바람에 끊어질 듯 연약한 기억의 실이 이어졌던 모양이었다. 셋 다 여기 있어요.

나는 안심시키듯이 말하고 양손을 내밀어 안과 의사처럼 눈꺼풀을 올려 주었다. 드러난 안구가 다른 생물처럼 힐끔거리며 움직인다. 남편이 밖은요, 오늘은 추워요, 하고 말하자, 봄이니까, 하고 시어머니는 안 맞는 소리를 했다. 우리 말고는 병문안 손님이 아무도 없는 6인실 창에서 흐린 하늘 아래 낙엽이 남은 나뭇가지가 보였지만 시어머니에게는 잿빛의 막연한 공간으로밖에 보이지 않는 것이리라. 아니면 꽃이 휘날리던 가마쿠라 연못의 광경만 여전히 사라지지 않고 눈꺼풀 안쪽에서 맴돌고 있는 것일까.

옆 침대 노파가 문득 일어섰다. 구리키 씨, 화장실 가세요? 나는 말을 걸었지만 남자처럼 머리를 짧게 친 노파는 대답도 없이 침대를 빙 돌아 시어머니에게 다가왔다. 그녀는 손을 내밀어 시어머니의 듬성한 머리카락을 잡았다. 작은 새가 쪼는 정도로 조금만 잡더니 살짝 웃었다. 머리카락에 손가락을 얽었지만 시어머니는 아파하지 않고 마주 웃었다. 머리카락을 잡고, 잡게 하는 것이 두 사람만의 일상적인 대화인 것처럼. 구리키 씨는 나오코의 머리도 조금 잡더니 침대에 누워 있는 노파들의 머리카락도 순서대로 잡기 시작했다. 창가 노파에게 갔을 때 갑자기 그 노파가 일어서서 큰소리를 질렀다. 난, 암것도 안 훔쳤어! 그녀는 가슴을 얼이젖혀 갈비뼈가 도드라진 앙상한 가슴에 붙어 있는 유방을 드러냈다. 자, 찾아보라구! 구리키 씨가 비명을 지르고 자기 침대로 돌아갔다. 이 소란에 다른 노파들은 꼼짝도 하지 않았다. 머리카락을 잡게 해 준 노파들도 가만히 있어, 이불이 노파들 몸의 형태로 부풀어 있을 따름이었다.

구리키 씨는 구멍 속으로 도망치는 벌레처럼 몸을 둥글게 말고 베갯잇 사이로 손가락을 넣어 안에 있는 것을 움켜쥐기 시작했다. 시어머니가 입원했을 때 이 노파의 양손은 천 주머니에 넣어져 있었다. 머리카락을 짧게 자른 것도 자기 머리카락을 움켜쥐기 때문이었다. 그 뒤로는 손가락 힘도 약해져 심하게 움켜쥐는 일은 없어졌지만 하룻밤 내내 베갯잇 속을 움켜쥐고 있었다. 그것만이 살아 있는 증거라는 듯이. 기억을 잃은 노파가 그때까지의 인생에서 기억하는 유일한 몸짓인 걸까. 치매가 나을 가망은 없고 죽음을 기다리고 있을 뿐인 노파의 슬픈 업인 것처럼도 느껴졌다. 나는 시어머니의 눈꺼풀에서 손가락을 떼고 구리키 씨에게 이불을 덮어 주었다.

시어머니가 베개 아래로 손을 넣어 뭔가를 더듬고 있었다. 시어머니까지 구리키 씨의 손버릇이 옮았나 가슴이 철렁했지만 지갑을 찾는 것이었다. 꺼낸 지갑에서 접은 천 엔짜리 지폐를 꺼내 나오코 손에 쥐어 주었다. 그리고 이건 다카오에게 전해 주렴. 다른 천 엔을 쥐어 준다. 이럴 때는 정상인처럼 야무졌다. 약 때문인지 혈압 때문인지 얼굴 혈색도 좋았다. 하지만 병문안을 올 때마다 기억이 흐릿해졌다. 시어머니는 날마다 흐릿해지는 기억을 쫓아다니는 듯이 손주들에게 잊혀지지 않도록 용돈을 쥐어 주는 걸까. 이윽고 중증 병동의 노인들이나 구리키 씨처럼 '가족을 잊을'뿐만 아니라 자기 이름도 얼굴도 잊어버리는 '자기도 잊은' 노파가 되겠지. 나는 해 줄 말이 없어 가만히 시어머니의 손을 잡았다.

용돈을 받은 나오코는 먼저 돌아간다고 했다. 나는 막지 않았다. 복도에 배급차 소리가 났다. 아직 4시였지만 저녁 식사 시간이었다. 가져온 저녁 식사를 남편이 시어머니 입에 넣어 주었다. 스푼을 입가에 대자 입을 열어 주었지만 그 다음에 뭘 먹고 싶다고는 하지 않았다. 맛있어요? 남편이 묻자 어린아이처럼 고개를 끄덕거렸다. 하지만 아들이 한 숟가락 한 숟가락 먹여 주고 있는 걸 이해하고 있는 것일까. 나는 식기 안의 내용물이 보이도록 눈꺼풀을 들어 주고 있었다.

　식사가 끝나고 종이 '기저귀'를 갈아 주고서 어깨에 손을 올리고 말했다. 어머님, 또 올게요. 남편도 안녕히 계세요, 하고 말했다. 평소에는 끄덕이기만 하던 시어머니가 외쳤다. 싫어! 고목 같은 팔을 내밀고 맹인이 그러듯 허공을 바라보며 우리 옷깃을 잡았다. 쇠약해진 몸 어디에 그 정도 힘이 남아 있었는지 떨어지지 않으려고 했다. 그러고는 두 손을 모으고 시어머니가 중얼거렸다. ……돌아가고 싶어, 요시오네 집에 돌아가고 싶어.

　약한 비가 내리기 시작했다. 나는 남편과 어깨를 나란히 하고 우산을 펼쳐 병원 앞 언덕을 내려가며 말했다. 어머니를 퇴원시키죠. 아무리 힘들어도 수발을 들겠어. 내가 돌봐 드리는 건 틀림없이 신이 정하신 일이야. 당신 아내인 내가 거부해서는 안 되는 거야.

　그때, 나도 이해할 수 없는 무언가 거대한 힘이 그렇게 명하고 있었다.

4

그 인형은 3월 봄방학 끝 무렵에 시아버지가 주워 온 것이었다. 밖에 내놓은 다른 쓰레기와 함께. 남이 버린 망가진 라디오나 시계라면 또 몰라도, 금이 간 더러운 병이나 녹슨 캔, 기름때가 묻어 있는 생선구이 철망 따위 잡동사니를 주워 와 시어머니 머리맡부터 침실까지 발 디딜 틈이 없을 정도로 쌓아 놓았다. 그 쓰레기 산에 파묻히듯이 시어머니는 침상에 누워 있고 시아버지는 인형을 껴안고 앉아 있었다. 나는 도쿄 단지에서 살 때 이타쿠라에 있던 시부모님이 나오코에게 시치고산* 축하 선물로 사 준 인형을 나오코가 버린 것이 두 사람을 상처 입혔다고 생각하고 사과했다. 하지만 두 사람은 그런 일은 기억하지 못했고, 시아버지는 그저 멍한 표정으로 인형을 껴안고 있었다. S병원에도 닥치는 대로 물건을 주워 와 침대에 쌓아 놓는 노인이 있었다. 퇴원한 뒤 시어머니는 여전히 자리보전하기는 해도 전처럼 별채에서 살게 되자 기억이 조금씩 돌아오는 것 같았고, 다카오도 사립 대학교에 합격해서 나는 가슴을 쓸어내리던 참이었다. 작년 가을에 이타쿠라의

---

*
七五三. 여아의 3세와 7세 때 성장을 축하하는 행사.

묘지에서 그런 일이 있더니 드디어 시아버지까지 치매 증상이 나타난 것일까. 나는 땅바닥이 쑥 꺼지는 기분이었다. 그러고 보면 시어머니가 노망이 나기 시작한 것이 2년 전, 역시 꽃이 피는 계절이었다.

　　나는 시아버지를 심하게 꾸짖지 못하고 아이에게 좋게 타이르듯이 말하고는 잡동사니를 다시 밖에 내놓았다. 인형은 시아버지 마음이 풀릴 때까지 그대로 두기로 했다. 하지만 그 무렵부터 시어머니는 벽을 향해 중얼거리는 일이 많아졌다.

　　구리키 씨, 날이 기네. 당신, 편해졌어? 눈앞 벽에 구리키 씨 얼굴이 있는 것처럼 말을 걸었다.

　　가족의 병문안도 없고 낮인지 밤인지도 모르고 시간 관념도 없어졌다고 해도, 그런 식으로 매일을 보내고 있는 구리키 씨에게 하루는 얼마나 긴 시간일까. 그 구리키 씨에게 편해졌느냐고 반복해서 말을 걸던 시어머니는, 길고 긴 늙은 하루가 죽음에 의해 끝나고 편해지기를 바라며, 스스로를 향해 말을 걸고 있었던 것이다. 구리키 씨를 비롯하여 S병원에서 치매에 걸린 노인을 무수히 보아 온 시어머니는 눈꺼풀에 가로막힌 눈으로, 죽음이 직전까지 닥쳤음에도 불구하고 죽지 못하고 한밤중에도 계속 걸어 다니던 노인들의 모습을 어두운 강의 물결처럼 보고 있었던 것이리라. 곁에서 인형을 껴안고 멍하니 있는 시아버지의 치매가 더 심해지면, 저 어두운 복도를 둘이서 함께 계속 걸어야만 하는 모습을, 마음의 거울에 비추듯 바라보고 있었던 것이리라.

　　시부모가 웰컴 왜건 컴퍼니에 들어간 것은 4월 무렵이었다. W·W·C 사람들은 우리가 외출했을 때 온 모양이었다. 내가 눈치챘을 때는 두 사람 다 입회한 뒤였는데, 먼저 시어머니가 들어가고 며칠 뒤 시아버지가 들어간 모양이었다. W·W·C 사람들은 일주일에 한 번 반드시 별채를 방문해서 '신의 빵'이라는 작은 과자 같은 것을 시부모와 함께 나눠 먹으며 종교 얘기를 하고 돌아가는 모양이었다. 신경이 쓰여 말을 엿듣거나, 시부모가 회에 걸고 있는 '신의 전화'의 통화 내용을 본채 수화기로 몰래 엿들었다. 신의 사랑이나 성경 얘기를 하길래 두 사람의 입회에 굳이 반대하지는 않았다. 그 사람들의 검은 복장은 불길한 느낌이라 꺼려졌지만, 괜히 반대해서 두 사람이 고집을 부리게 하는 건 좋지 않다고 생각했다. 그리고 종교 얘기로 두 사람 마음이 편안해진다면 좋은 일이라고 생각했고, 내 마음의 부담도 가벼워지는 기분이 들어 두 사람의 입회 사실을 남편에게는 비밀로 하고 모르는 척했다. 신문 외에 책이라고는 읽지 않는 시아버지가 성경을 읽으면 치매 진행이 늦어질 것이라는 생각이 들어 기뻤다. 노안경을 걸친 시아버지가 눈이 불편한 시어머니에게 돋보기로 문어체 성경의 작은 글자를 소리 내어 읽어 주는 모습은 두 사람에게 후광이라도 비추는 듯한 청량한 광경이었다. 그래서 회의 일은 끼어들지도 파고들지도 않았던 것이다.

그렇지만 시어머니가 이전보다 자주 죽음을 입에 올리게 된 것은 그 회에 들어가고 나서부터였다. 신의 힘으로 오늘은 천국에 갈 것 같아. 시어머니는 고향의 '수초 따는 노래'를 흥얼거릴 때처럼 몽롱한 표정으로 말했다. 그런가 하면 신이 임하기라도 한 것 같은 얼굴로 이렇게 말했다. 인간은 말이지, 자신의 죽음을 스스로 결정해야만 해……. 다른 사람인 것만 같았다. 사신에 홀린 것처럼 불길한 웃음을 띠기도 했다. 내가 그 회의 입회계약서 비슷한 것의 자세한 내용을 안 것은 조금 뒤의 일이었다. 장례 일체는 회의 방식을 따른다는 것 외에, 인간으로서의 엄숙한 죽음은 신이 정해 주신다는 의미의 말이 쓰여 있었다. 신의 이름으로 안락사를 인정하는 회였던 것이다.

이를 남편에게 말하자 남편은 그건 좋잖아, 하고 말했다. 지금의 부모님은 하루라도 빨리 돌아가시는 게 행복하지 않을까. 그 회에 들어가 스스로 편안하게 죽을 수 있다면 이쪽으로서도 다행이지. 그렇잖아. 하고 말했다. 우리가 그 회를 못 본 척하고 있던 것은 시부모의 안락사를 바랐기 때문이었다. 그 후 5월 연휴* 때 남편이 나에게 말했다. 어머니가 너의 손으로 편해지면 좋겠다고 부탁하셨어……. 아니, 늘 그렇듯이 내가 누군지 모르고 헛소리처럼 중얼거리셨어. 그런 소리를 할 정도니 치매도 드디어 절정에 이른 건가. 남편은 그 뒤로 아무 말도 하지 않았다.

할 수 있다면 내 손으로 시어머니를 편하게 해 드리고 싶어. 이 이상 '노망'이 나지 않게, 시어머니를 편안하게

돌아가시게 해 드리고 싶어. 올해 들어서 내가 생각하고
있는 것은 그것뿐이었다. 이전처럼 시어머니를 향한
혐오나 증오 때문은 아니었다.

요 2년간 시어머니도 변하고, 나도 변했다. 특히
시어머니가 입원하고 나는 그때까지 보지 못하던 것을
보아 버렸다. 저 S병원 노인들의 영혼은 구더기에게
다 파먹히고 남은 잔해처럼, 그럼에도 죽지 못하고
죽음으로부터 버려져 그저 꿈틀거리고만 있었다.
머지않아 그렇게 될 시어머니를 내가 맡아 주자. 그때
그것은 '신이 정하신 일'이라는 말이 어째서 내 입에서
튀어나온 것일까. 나도 잘 이해할 수 없는 무엇인가 다른
힘이 내게 명령하고 있었던 것이다. 이윽고 시어머니처럼
될 여자인 내가 간병하고, 마지막 입술을 축여 드리자. 이
내 손으로 죽여 드리자.

올해 들어 나는 시어머니 수발을 괴롭다고도 싫다고도
생각한 적이 전혀 없었다. 부패한 달걀 속처럼
시어머니와 동화해 버렸다. 살갗이 닿으면 시어머니의
죽고 싶다는 소망을 이해할 수 있었다. 오물투성이
기저귀를 갈 때, 탄력을 잃은 피골이 상접한 몸을
구석구석 닦아 드릴 때, 나의 이 손에 며느리가 아니라
나를 뛰어넘은 힘이 더해지면 좋으리라. 그러면 편하게

해 드릴 수 있다. 매일 그 힘이 더해지는 날을 기다리고
있었다. 그것은 동정이나 자비도 아니었다. 그 마음을
무엇이라 부르면 좋을까.

W·W·C에 입회해서 죽음에 대한 공포를 잃은
시어머니는 남편에게 부탁했으리라. 남편은 나에게
농담처럼 말했지만 고민했을 것이다. 시어머니와
하나가 되어 버린 내가 소원을 들어주면 좋았을 것이다.
시어머니의 죽고 싶다는 하나뿐인 소원이 존재하는 사이,
그 소원조차도 멍한 암흑 속으로 사라져 버리지 않는
동안에, 소원을 들어주고 싶다. 하지만 나는 하지 못했다.
태아처럼 손발을 말고 벽을 향해 누운 채 하반신을
오물로 적시고 자신이 받고 있는 간호도 애정도 이해하지
못하게 된 시어머니를, 소원대로 편하게 해 드리는 일은
이성적으로 도리에 맞는 일, 단 하나의 애정인데. 그것을
시아버지가 해 준 것일까. 만약 시아버지가 '치매'에
걸려 한 일이라면, '치매' 안에 인간의 애정이나 이성을
뛰어넘는 신이 깃들어 있는 것이리라.

하지만, 그것이 시어머니에게 진짜 행복이었을까…….

그건 5월 말이었다. 겨울에서 봄에 걸쳐 조금씩 욕창이 나아지고
있었으므로 3일에 한 번은 목욕을 시키고 있었다. 그날 시어머니

는 다른 사람처럼 분명한 목소리로 오늘은 안 씻을래, 하고 말했다. 그리고 뺨을 붉히고는 월경이 시작됐거든 하고 작은 목소리로 귓가에 속삭였다. 생리는 이미 오래 전에 끊어졌으므로 농담을 하신 건가 생각하고 어머, 잘됐네요, 찰팥밥*을 지어 축하해야 하겠어요. 내가 그렇게 말하자 고마워, 여기 피가 묻어 있지? 자, 이거 보렴. 시어머니는 핏자국이라고는 보이지 않는 유카타 옷자락을 보이고 마치 소녀처럼 부끄러워하고 있었다. 나는 굳이 거스르지 않았지만 죽음을 바라던 시어머니가 갑자기 소녀로 돌아가 버린 것은 어찌 된 일이었을까. 역시 죽음이 무서워 도망치려고, 여든 셋의 몸이 소녀로 돌아가는 망상에 사로잡힌 것일까.

시어머니는 머리를 땋아 리본으로 묶어 달라고 했다. 숱이 적은 백발을 그렇게 해 주자 누운 채 경대를 끌어와 스스로 화장까지 하고, 거의 열여섯, 열일곱 소녀로 돌아간 것처럼 미소 짓고 있었다. 작은 거울에 비친 자신을 황홀하게 바라보며 드물게도 가는 목소리로 '수초 따는 노래'를 작게 흥얼거릴 정도였다. 생과 사의 어두운 경계에서 흐릿하게 떠오른 고향 이타쿠라 늪의 풍경을 빨려 들어가듯 바라보고 있었던 것이리라. 그 무렵부터 머리맡에 놓아둔 세면기 물을 물거울 삼아 한밤중에도 들여다보게 되었다. 물거울에 비치는 죽은 가족들과 이야기를 나누게 된 시어

---

*에도 시대부터 찰팥밥을 지어 초경을 축하하는 풍습이 있었으나,
최근에는 사라지는 추세다.

머니는 오히려 당신을 돌봐 주는 내가 무거운 짐이고 족쇄처럼 느껴졌는지도 모른다. 며느리와 빨리 헤어지고 죽은 육친들 곁으로 가고 싶었을 것이다.

이타쿠라에 가고 싶으시죠? 장마가 끝나면 아버님도 함께 차를 타고 가족끼리 드라이브를 가죠. 노리코 씨도 한동안 못 만났고. 그렇게 말하자 시어머니는 고개를 끄덕이고 빗소리가 좋구나 하고 말하셨다. 이타쿠라 늪에 내리는 빗소리가 들려. 봐, 모내기가 끝나 논이 너무 예쁘잖니. 네, 예쁘네요. 물에는 말이지 영혼이 있어. 조상님의 혼은 저 물로 돌아가는 거야. 그렇게 말하고 시어머니는 두 손을 모으고 눈을 감고 있었다.

하지만 그 뒤로 시어머니는 매일 그저 걸레처럼 누워 있을 뿐이었다. '기저귀'에 손을 넣어 변을 끄집어내 만지작거리지도 않았고, 내가 눈꺼풀을 들어 줘도 반지를 바라보지도 않고, 초점이 흐릿한 눈에 내가 노리코 씨로 보이는 것 같지도 않았다. 무엇인가 먹고 싶다고도 배가 고프다고도 하지 않았지만, 입술에 음식을 대면 입술을 벌리고 그것만은 잊지 않았는지 씹어 넘기고 이윽고 배설했다. '기저귀'는 흘러내리는 오줌과 변으로 늘 폭 젖어 지저분했지만 갈아 달라는 의사표현도 하지 않고 그저 똥오줌 속에 파묻혀 있었다. 적어도 구리키 씨처럼 곁에 있는 시아버지나 나나 남편이나 나오코의 머리카락을 쥐어 주면 좋겠는데, 말라 비틀어진 손은 무심하게 내던져진 채 경련조차 안 했다. 그저 그 손이 다른 사람의 손가락인 것처럼 갑자기 손톱을 세우고 자신의 건조한 피부를 피가 날 정도로 할퀴었다.

어머니, 가려우시군요. 목욕하죠. 나는 깃털처럼 가벼운 시어머니를 업고 욕실로 갔다. 그날도 하루 종일 비가 내렸다. 시어머니가 혼자 입욕할 수 없게 된 뒤로 바꾼 서양풍 욕조에 발부터 살며시 넣어 물에 적셨다. 한 손을 옆구리 아래에 끼고 지탱하지 않으면 욕조 안으로 미끄러진다. 나는 한쪽 손으로 비누 거품을 내어 목덜미부터 순서대로 씻어 주었다. 무게를 잃은 하반신이 수면 위로 떠오르려 해 가끔 아랫배를 눌러 가라앉혔다. 기분 좋으시죠? 기분이 좋으시겠어요. 그렇게 말해도 안 들리는 모양이었다. 먹고 싸고 자기만 하는 주름투성이 나체가 말뚝에 걸린 쓰레기처럼 흔들리고 있었다. 이제 두 눈을 꼭 감은 뒤 '수초 따는 노래'도 부르지 않는다. 어머님, 이제 간지럽지 않죠? 기분 좋으시죠.

가랑이와 항문도 다 씻고 어깨까지 물에 가라앉히고 다시 말을 걸었을 때, 떠오르려는 아랫배 밑 다리 사이에서 오줌이 샜다. 공원에 있는 급수대의 물처럼 반짝반짝 작은 포물선을 그리는 오줌 분수가 생겼다. 어머, 어머, 역시 기분이 좋잖아요! 평소라면 나는 기쁜 목소리를 냈을 것이다. 아아, 시어머니는 분명히 살아 있다! 감동으로 눈시울이 뜨거워져 웃음을 참지 못하고 웃고 있었을 것이다. 하지만 이때의 나는 달랐다.

내가 지탱하고 있는 손을 떼면 시어머니는 욕조 안에서, 이 평온함 속에서 편안해지실 수 있다. 그 일순 나는 흰 빛 같은 것에 감싸여 있었다…….

"제가 시어머니 소원을 들어줄 수 있었으면
좋았을 거예요."

오늘 나는 형사님에게 말했다.

"바로 제가 죽여 드리면 좋았을 거예요."

그것은 형사님이 말하는 살의가 아니었다. 나를 재촉하듯
시어머니의 눈꺼풀 사이로 동의하는 눈이 욕조 속에서
나를 올려다보고 있었다. 일순이었지만 나와 시어머니는
맑은 빛에 비쳐 서로의 눈을 마주보고 있었다.
이 순간을 위해 시어머니를 맡았고 이 2년간 수발을
들어온 것이라고, 나는 깨달았다.

하지만 나는 하지 못했다. 하지 못했지만, 죽음의
소원조차 곧 사라질 시어머니에게 그래도 살아 있는
것이 존엄하다고 내가 어떻게 말할 수 있을까. 저 중증
노인들처럼 되더라도 살아있는 일이 존엄하다니…….

그날 밤 내가 만든 '죽'을 깨끗하게 드시고 내가 별채를 나가자 한
동안 안 하던 화장을 한 시어머니는, 며느리가 소원을 들어주지
않았기 때문에 스스로 죽으려고 이제는 거의 움직이지 않는 손으
로 애써 마지막 사화장을 한 것이리라. 그리고 머리맡의 세면기

를 들여다보고 물거울에 선명하게 비추는 그리운 고향의 물가 풍
경을 바라보며 시아버지에게 편하게 해 달라고 부탁했으리라. 예
감이 들었는지 나는 잠자리에 들고도 한참 동안 잠들지 못했다.
나는 쭉 눈을 감고 있었다. 오전 1시가 되기 조금 전에 료가 응석
부리는 콧소리를 낸 것을 알고 있다.

"아니요, 잠들어서 눈치 못 챘습니다. 가끔 한밤중에
외롭다고 우니까 벼락에 놀라 울었을지도 모르지만 저는
몰랐어요."

오늘도 형사님에게 그렇게 답했지만 나는 알고 있었다.

그것은 남편이었을까. 그때 비가 잠깐 그쳤다. 벼락이
번쩍이고 멀리서 천둥소리가 났다. 오전 1시 10분
전이었다. 남편이 막차를 타고 귀가한 것 치고는 조금
이른 시간이었다. 구두 소리도 안 들렸고, 현관 열쇠가
돌아가는 소리도, 문이 열리는 소리도 나지 않았다.
나는 귀를 기울이고 있었다. '료'는 잠깐 울었지만 이내
조용해졌다. 서쪽 길에서 구두 소리가 작게 났다. 빗물이
고인 콘크리트 길에 구두 뒤축이 약간 울리는 듯한,
그리고 철썩철썩 물소리가 났었던 것 같기도 했다.
하지만 그것은 물이 흐르는 소리였을 것이다. 아니면
누군가가 서쪽 길로 돌아서 별채 현관으로 들어갔을까.

별채 현관은 닫혀 있었다. 내가 잠갔다. 남편은 연결 복도 유리문으로 집에 들어올 생각이었을까. 남편은 그런 적이 없었고, 늘 현관문을 열쇠로 열고 들어왔었다. 연결 복도의 본채 유리문에서도, 별채의 미닫이문에서도 문 여는 소리는 들리지 않았다. 이삼 분이 지나자 또다시 서쪽 길에서 철썩철썩 물소리가 들린 것 같았지만, 그건 기분 탓이었겠지.

하지만, 그건 남편이었을까⋯⋯.

5

어머니가 퇴원하는 것에 굳이 반대하지 않았던 나는
아내를 다정한 흉기로 만드는 공상을 무럭무럭 키워
갔다. 양친이 아내의 헌신적인 돌봄을 받으며 행복하게
돌아가시길 바라며. 하지만 한편으로는 홀린 듯이
양친에게 헌신하는 아내 때문에, 나는 궁지에 몰리고
있었다. 오히려 리츠코가 부모님 수발을 적당히 하고
싶어해 주었다면 마음이 얼마나 편했을까. 올해 들어서는
한마디 불평도 하지 않고 어머니 간병에 몰두하는 아내의
열의가 무수한 가시가 되어 나를 찔렀다. '노망'이 난
어머니만 없었으면 아내랑 아이들과 지내는 평범한 삶이
돌아올 텐데……. 그런 아들의 속마음까지도 어머니는
'노망'이 난 머리로나마 꿰뚫어 보신 것일까.

5월 연휴 때 아무 데도 못 가고 집에 있던 나에게 리츠코가 말했
다. 어머님이 외로워 보이니 곁에 있어 줄래? 그럴게. 나는 딱히
할 말도 없어, 꽤 오랫동안 별채에 있는 어머니의 머리맡에 앉아
있었다. 아버지는 인형을 끌어안고 툇마루에 나가 멍한 눈으로
선반 위의 들풀을 바라보고 있었다.
　언덕의 잡목림에서 상쾌한 새소리가 들렸다. 5월의 청량

한 하늘이 방 안까지 환하게 비추는 것 같았다. 하지만 어머니는 햇살을 받으면서도 이미 생명의 등불이 꺼진 듯 꼼짝도 하지 않고 얼굴은 벽을 향한 채 아무 말 없이 누워 있었다. 아버지가 화장실에 가셨을 때 어머니의 입에서 작은 중얼거림이 흘러나왔다. 요시오, 요시오…… 내 이름을 부르고 있었다. 꿈이라도 꾸셨는가. 내가 들여다보니 축 처진 눈꺼풀 사이에서 가는 눈이 반짝이고 있었다. 요시오구나. 오랜만에 나를 알아본 어머니의 목소리였다. 네, 그래요. 뭐예요, 어머니? 어머니는 한쪽 손으로 얼굴을 더 가까이 대라는 손짓을 하고 귓가에 입술을 대었다. 일생일대의 소원이 있단다. 괜히 과장하지 마시고 그냥 말씀하세요. 어머니는 잠깐 침묵하고서 말했다. 부탁이니까 네 손으로 날 편안하게 해 주렴……. 떨리는 손이 내 얼굴을 어루만지며 목을 껴안았다. ……이런 걸 부탁할 수 있는 건 피를 나눈 아들뿐이야. 부모가 이런 걸 자식에게 부탁하면 조상님이 '자식 불효'라고 혼내시겠지만, 나 같은 노망난 할망구가 벌이는 짓이니 조상님도 용서하실 거란다. 이 이상 노망이 나기 전에 죽고 싶으니, 신도 용서하실 거야. 부모가 부탁하는 거니까, 네가 무슨 짓을 하든 불효가 아니란다…….

매일 그것만 생각하고 있었는지 거의 단숨에 그렇게 말하고 어머니는 가는 눈을 감고 몸에서 힘이 빠져, 아버지가 돌아왔을 때는 벽에 얼굴을 향하고 죽은 척을 하는 노파처럼 드러누워 있었다.

그건 치매에 걸린 어머니가 아니라, 제정신인 어머니가
부탁한 것이다. '노망'으로 인한 헛소리도 잠꼬대도
아니었다. 그러나 아들인 내가 어떻게 할 수 있을까. 나
자신이 어머니를 죽일 흉기가 되어야 했다!

퇴근하고 오후네 역에서 내리자 내 다리는 멈춰 버렸다. 위장 안
쪽에 전보다도 묵직한 아픔이 엄습했다. 그런 자신에게서 도망친
내 다리는 자신을 속이고 술집 쪽으로 향했다.

아무리 마셔도 취하질 않았다. 한 가지 생각에 빠진 머릿
속의 밑바닥에서부터, 분뇨 속에서 나를 기다리고 있는 어머니의
모습이 솟아올랐다. 그 모습에 겹쳐 내가 아이일 적 이글거리는
한낮의 논을 기어다니며 풀을 뽑던 어머니나, 늪에서 돌아올 때
소의 등에서 저녁놀을 올려다보며 '수초 따는 노래'를 부르던 어
머니가 미소 지었다. 검은 머리를 뒤로 묶고 머릿수건을 쓴 몸집
이 작은 어머니는 젊은 아가씨처럼 신이 나 있었다. 아무리 괴로
워도 명랑했다. 우리 집에 이사 와서 기운이 있던 시기에는 매일
아침 일찍 일어나 하나, 둘, 하나, 둘……. 하고 체조를 했다. 오랫
동안 들일로 굽은 허리를 주춤주춤 펴고 팔을 휘두르며. 몸을 단
련해서 병에 안 걸리고 덜컥 죽고 싶으니까. 그렇게 말하면서도
자기 모습이 웃기다는 듯이 웃고 있었다. 하나, 둘, 하나, 둘…….

내가 어머니의 소원을 들어주지 않으면 리츠코가 해 주지
않을까. 아내가 저렇게 열심히 하는 건 어머니를 향한

애정 때문이겠지. 내 마음은 모순되어 있었다. 리츠코를 조종할 셈이었는데, 타인인 리츠코에게 시킬 수는 없었다. 그것은 아들인 내가 어머니에게 해 줄 수 있는 유일한 일이 아닐까. 내가 해야만 한다. 어머니를 위해, 내가 빨리 편하게 해 드려야……

내가 소원을 들어주지 않으니까 어머니는 아버지에게 부탁했을까…….

그러고 보면 장마가 시작된 아침, 출근하기 전에 별채를 들여다 보았을 때, 젖은 툇마루에서 비에 젖은 들풀 화분을 바라보던 아버지는 내가 다가온 것을 깨닫지 못하고 료지 형의 마지막 일기 속 한 구절을 중얼거리고 있었다.

1945년 5월, 패전 3개월 전 21세로 오키나와 전에서 전사한 료지 형의 일기. 나는 국민학교 6학년이었지만 패전 후 도착한 유품 안에 있던 일기를 아버지가 반복해서 들려주어 마음에 스며든 듯이 기억하고 있었다. 마지막 날짜는 5월 7일 오전 11시로 이렇게 쓰여 있었다.

이것으로 작별이다.
부족한 글솜씨는 늘 그랬으니 용서해 주시길.
모두 기운차게 가자.
대동아전쟁의 필승을 믿고,

복 많이 받으시길 기원하며,

지금까지의 불효를 사죄하고,

자 나는 빙그레 웃으며 출격한다.

오늘 밤은 보름이다. 오키나와 본토의 앞바다에서

달구경을 하며 적을 물색하고 천천히 돌입할 것이다.

용감하게 그리고 신중하게 죽어 보이리라.

료지 씀*

이 마지막 한 줄을 아버지는 중얼거리고 있었던 것이다.

용감하게 그리고 신중하게 죽어 보인다……

그때 아버지는 어머니의 소원을 들어주어 어머니를

편하게 해 준 뒤 자살을 생각하고 계셨을까. 그날 밤에도

싸늘하게 식어 가는 어머니 곁에서 이 말을 자신에게

들려주며 계속 중얼거리고 계셨을까……

---

*

료지의 일기는 『들어라, 와다쓰미의 소리를(きけ わだつみのこえ)』 (이와나미문고판, 1982)에서
고 오즈카 아키오(大塚晟夫)의 수기를 인용한 것이다. 전몰학생제군의 명복을 빕니다.(원주)
이 책은 태평양 전쟁에서 전사한 일본 학도병들의 유고를 모은 책이다. 전시 언론 통제하에서는
전달되지 않았던 전선의 실상을 학도병의 목소리를 통해 이야기한 책으로 전후 일본 사회에
큰 충격을 주었다.

제

4

장

1

1984년 1월 1일 갑자년 신정 맑음

학식도 없고 지금은 갈 논밭도 없고 글쓰기도 귀찮아하는
나지만 이 나이가 되자 일기를 쓰려고 마음먹었다.
만으로 세면 여든일곱이지만 여든아홉 살. 여든여덟의
미수(米壽)는 어디론가 사라져 버렸다.
아내와 함께 도소*를 요시오의 가족들과 본채 식당에서
들며 축하했다. 감사한 일이다. 이것이 인생 마지막
정월이라고 생각하며 매년 정월을 맞이했지만,
올해야말로 마지막이다.
며느리가 직접 만든 계란말이, 채소 초무침, 아주 맛있다.
별채로 돌아와 볕을 쬐면서 신문을 할멈에게 읽어 준 뒤
이 일기를 쓰기 시작했다.
신문을 읽어 줘도 할멈은 거의 못 알아듣는다. 끄덕이지도
않고 눈꺼풀 사이로 입기를 보고 있을 뿐. 그것도 진짜

---

*
屠蘇, 신년에 무병장수를 기원하며
마시는 전통술.

보고 있는지 어떤지 모르겠다. 지금도 뭘 생각하고 있는지 쓰레기처럼 누워있다. 하지만 곁에 있어 주는 것만으로 자운영 밭에 둘이서 쉬던 옛날의 한때 같다. 다츠에게는 고생만 시켰다. 다정한 말 한마디 해 주지 못했다.

그뿐인가, 입원시켰을 때는 버릴 생각이었다. 할멈이 입원 중, 늙은 홀몸의 외로움이 뼛속에 저몄다. 동행 두 사람, 지팡이에 기대어 휘청이면서 죽음의 여로를 서둘러야 함을 알았다.

아무도 원망하지 않는다.

우리는 너무 오래 살았다. 그것이 잘못이다.

괜한 소리는 쓰지 않겠다.

오늘은 경사스러운 정월이니 할멈와 함께 하느님과 선조님께 감사하며 붓을 놓는다.

모리모토 요시오 부부가 저녁에 서로 가져온 모리모토 료사쿠의 일기장에는 신구 가나*를 섞어 연필로 쓴 약간 떨리는 글자가 정월부터 쓰여 있었다. 사정 청취 후 집에 돌아간 요시오 부부는 별채를 정리하다가 료사쿠의 일기와 붙박이장 안쪽에 숨기듯이 넣

---

*
仮名, 일본어를 표기하는 음절 문자로
1946년 현대 일본어의 가나 표기법이 공표되었다.

어 둔 신문기사 스크랩북도 찾아냈다고 했다.

　"아버님이 이런 일기를 쓰고 계신 줄은 몰랐습니다."

리츠코는 지금까지 스크랩북도 눈치채지 못했다고 말했다. 마음이 굳센 그녀가 몇 년 동안 견뎌 온 것을 더 이상 견딜 수 없게 되었다는 듯이 어깨를 축 늘어뜨렸다. 요시오는 그런 아내를 감싸듯 자신이 알아차렸어야 했다고 쉰 목소리로 말했다.

　다가미 형사는 서장의 특별한 배려로 면회가 허가되었음을 알리고 두 사람을 유치장 면회실로 안내하도록 직원에게 부탁하고는, 자기 자리로 돌아가 스크랩북을 요시카와에게 넘기고 시판 일기장에 쓰인 료사쿠의 일기부터 읽기 시작했다.

　　1월 5일 맑음

　　경사스러운 정월인데 일가 네 명, 배기가스 자살 기사가
　　신문에 실려 있었다.
　　자동차 배기가스를 차내에 호스로 채워 일가가
　　자살했다고 한다. 아직 서른 두 살의 자동차 운전사가
　　아내와 어린아이들까지 가족 네 명, 정월 휴가 드라이브로
　　하코네 온천에 놀러간 것인데 어째서 처자를 죽이고
　　자살한 것일까.

배기가스로 죽는 것은 괴로울까. 잠들듯 죽을 수 있다는
얘기를 들은 적이 있지만 어린아이들은 괴롭지 않았을까.
자기 자식을 끌고 가는 것은 큰 죄를 짓는 짓이다.
노인의 경우는 허락되는 일인가.
부엌의 가스는 어떨까.

1월 8일 흐림

정월 연휴 중 손주인 다카오와 나오코는 별채에 그다지
와 주지 않았다. 다카오는 한 번도 안 왔다.
할멈에게 가스에 관해 물어보았다. 한참 뒤 할멈이 가스는
안 된다고 고개를 흔들었다. 왜냐고 묻자 본채 요시오
쪽에도 가스가 흘러가지 않겠냐고 걱정한다.
이 얘기는 그걸로 끝났다.

1월 19일 눈

낮부터 눈이 내리기 시작했다.
냉기가 심하여 허리가 심하게 아프다. 허리의 아픔은
조강지처 같은 것이라 거스르면 안 됨을 알고 있지만
아무도 들어 주지 않으니 불평 한마디라도 말하고
싶은 것이다.
눈 구경을 하면서 늙은 몸을 한탄하는 것도 풍류라

해야 할까.

1월 20일 맑음

5촌이나 눈이 쌓여 폭설이었다. 쇼난 땅에서 이런 적설은
드문 일이다.
텔레비전에서 이타쿠라 부근은 1척 이상의 폭설이
내렸다고 한다. 눈이 많은 해는 풍년이다.

1월 21일 맑음 강풍

오늘 신문에 부랑자의 죽음이 보도되었다. 일흔한 살의
노인은 요코하마 야마시타 공원의 철로 아래에서 살며
아내도 자식도 없는 천애 고독한 몸이었으나, 고향
야마가타의 눈 덮인 산하를 뇌리에 떠올리며 어제 폭설이
내린 밤 동사했다. 평온한 얼굴이었다고 한다.
부랑자이니 늙어서는 이제 살아갈 희망도 없었으리라.
끝없이 쏟아지는 눈을 바라보며 고향 눈 덮인 산하의
추억에 잠겨 잠들듯 저세상으로 떠나갔으리라.
그런 죽음은 실로 부럽다.
동사는 기분 좋게 잠들듯 죽을 수 있는 것이다.

1월 22일 눈

또 눈이다. 눈. 동사.

2월 3일

단식은 어떨까.

2월 18일 눈

올해 겨울은 눈뿐이다.
할멈에게 지난번 폭설이 내린 날 아침에 죽은 늙은 부랑자
얘기를 했다. 할멈은 눈은 차가워서 싫다고 한다. 그러면
어떻게 죽고 싶으냐고 물었지만 대답 없음.
노망난 할멈에게 굿 아이디어 따위 떠오르지 않는
모양이다. 어쩔 수 없지.

2월 23일 흐림

다카오가 사립 대학에 합격했다.
분발해서 축하금으로 10만 엔을 주었다. 고맙다는 인사도
없이 떠났다.

3월 3일 맑음

여자아이들을 위한 명절*. 며느리가 할멈을 위해서
고모쿠즈시**을 지어 주었다. 덕분에 얻어 먹었다.
며느리에게는 진짜 신세만 지고 있다. 안 보이는 곳에서는
늘 두 손을 모으고 있다.

하지만 이 이상 며느리를 고생시킬 수 없다. 마음이
불편해 어쩔 수가 없다. 할멈의 마음은 나 이상이다.
늙어 가족에게 신세지는 일에는 타인이 모르는 괴로움이
있다. 노망이 난 할멈은 물론, 나도 애물단지다. 작년에
할멈이 입원 중에 죽을 수 있으면 좋았을 것이다. 묘지
흙이 말라 있어 파도 파도 바로 흙이 무너져 내리는 통에
깊은 구멍을 파지 못한 것이 실패 원인이었다. 늙어 빠져
자기 무덤 구멍을 팔 힘도 없어졌다.

온몸이 늙어 빠져, 오래 쓴 테가 빠진 거름통 같다.

인간은 일하지 못하면 살 가치가 없다. 사회봉사를 할 수
없게 되면 살아 있을 값어치가 없다.

더구나 노망이 나서 화장실도 가지 못하게 되면 가족에게
폐만 끼칠 뿐이다. 가족만이 아니라 사회에 폐를 끼친다.

---

*
3월 3일에 여아의 건강과 성장을 기원하는
전통 행사이다.

**
ごもくずし. 밥과 잘게 썬 달걀부침, 오이,
양념한 채소를 섞고 그 위에 지단, 초생강 등
고명을 얹은 초밥.

특히 나 같은 농민은 흙을 못 갈게 되면 죽어야 한다.

흙을 떠나 이렇게 오래 산 것이 잘못이었습니다.

이를 뼈에 사무치게 알고 있는데 저세상에서 부름이 오지

않는 것은 전생에 나쁜 짓을 했기 때문일까.

죽는 것도 또한 사는 것 이상으로 어렵다.

3월 26일 맑음

드디어 봄다워졌다. 올해는 눈이 많이 내려 춥고 긴

겨울이었으므로 겨울 동안 죽을 수 있겠다고 생각했는데.

3월 28일 흐린 뒤 소나기

미국에는 암환자 등에게 안락사를 시키는 호스피스라는

시설이 있는 모양인데, 일본에 우리처럼 죽음을 원하는

노친네를 편하게 해 주는 시설은 없는 것인가.

학식이 있으면 내 생각을 글로 써 보고 싶지만

이 머리로는 아무것도 할 수 없다.

일본에서 안락사가 허용되는지 아닌지 대학의 높으신

선생님에게 물어보고 싶다.

4월 1일 맑음

며느리에게 야단맞았다.
어째서 잡동사니를 모아 왔는지 스스로도 잘 모르겠다.

4월 12일

니코틴 치사량 60밀리그램.
(궐련 한 개비에 1에서 1.6밀리그램)
사과, 복숭아 씨앗을 밥그릇 가득 먹으면
죽을 수 있다고 한다.
들풀 선반에서 홀아비꽃대가 피기 시작했다.

4월 13일 비

담배라면 60개비를 먹으면 죽을 수 있다는 건가.
미국의 비치라는 건 거기서 노인들이 단식을 하고
마중을 기다리는 곳인가.
이 회에 들어가면 신의 축복을 받은 죽음이 빨리
찾아온다고 한다.

5월 7일 맑음

그때 창고를 잘 뒤져서 농약을 마시면 좋았을 걸 그랬다.

5월 15일 비

할멈이 물로 죽고 싶다고 한다.
익사는 괴롭다고 하자 물은 안식이라고 할멈이 말한다.

6월 10일 맑음

매일 일기를 쓸 생각이었는데 노망이 나서 쓰는 건
무리이다.
요즘은 머릿속에 시끄러운 구더기가 있어서 꿈틀거리며
돌아다니고 수런거린다. 귓구멍으로도 모공으로도 도통
나가려고 하지 않는다. 엄청 많이 기어 들어와
날뛰고 있다.
하지만 오늘은 유서로 삼아 똑똑히 생각하고 쓰기로 한다.

료지. 네 일기 마지막 말은 아무리 노망이 나도
기억하고 있다.
용감하게 그리고 신중하게 죽어 보인다. 그렇게 썼던
너는 오키나와의 보름밤 적에게 몸을 던지고 훌륭하게

산화했다.

겐이치로. 너 또한 천황폐하를 위해 신국(神國) 일본을
위해 남방전선에서 자랑스러운 죽음을 맞았다고
믿고 있다.

젊어 죽은 너희들, 특히 스물하나의 젊음으로 전사한
료지는 가엾으나 그래도 너희에게는 죽는 보람이 있었다.
그것은 진정 행복한 일이었다고 아비는 생각한다.

어려서 병사한 사쿠조, 아기일 때 죽은 야스코.

너희들에게는 아비가 아무것도 해 주지 못해 미안하다.
그때는 의사도 어쩌지 못했다.

너희 자식들의 몫을 미안한 일이지만 나와 할멈이
살아남아, 겐이치로와 료지의 생명과 맞바꾼
군인유족연금으로 노후를 안락하게 살아 버린 터이나,
우리는 나라에서 연금을 받으면서 사회에 보탬이 되게
죽지도 못하고 병으로 죽지도 못한다. 사는 보람도 없이
장수하고 가족과 사회의 애물단지가 되었을 뿐이다.

며느리와 요시오를 위해 애물단지를 치워 주는 것만이
나와 할멈의 소망이며 할 수 있는 일이다. 그 소원도 곧,
이번에야말로 이룰 수 있다. 너희들에게 갈 수 있다.

할멈의 머리는 완전히 돌아 버렸다.

너희들에게 바로 가겠다. 폐는 끼치지 않는다.

스스로 죽음을 결정한 나와 할멈을 미안하지만
따뜻하게 맞아 주거라.

213

이제까지 스스로 살기로 정해 왔으니 죽음 또한
스스로 정하고 싶다.
자리보전하는 할멈을 남기면 요시오 가족에게 폐를
끼친다. 사회도 귀찮게 한다. 내가 요시오 부부와
손주들에게 해 줄 수 있는 일은 이것뿐이다.
지금까지 내가 괴롭게만 한 할멈의 소원은 내 손으로
이뤄 줄 거다. 다른 누구에게도 시키지 않는다. 이것만이
사회에 도움이 되는 모리모토 료사쿠의 단 하나뿐인
마지막 일이다.

띄엄띄엄 쓴 일기는 6월 10일 그날까지로, 나머지는 어느 페이지
나 텅 비어 있었고, 사건 전날도 당일도 한 마디도 써 있지 않았다.

다가미는 빈 페이지의 보이지 않는 문자를 손바닥으로 더
듬듯이 넘기다가 일기장을 덮어 말없이 요시카와에게 넘기고 대
신 요시카와가 다 본 스크랩북을 받았다.

신문 전단지를 반으로 잘라 철해서 두꺼운 종이 표지를 붙
인 수제 스크랩북이었다. 오린 기사가 날짜와 함께 꼼꼼하게 붙
어 있었다.

첫 페이지는 2년 전 1982년 7월 기사로 '14세 안락사를 선
택하다'라는 표제와 함께 소년의 사진이 실려 있었다. 미국 노스
캐롤라이나주 소년의 죽음을 보도한 기사였다.

그 소년은 신장을 둘 다 적출하고 세 번에 걸친 이식 수술

에 실패한 뒤 3년간 인공 투석을 계속했지만 극도의 고통을 느끼고 인공 투석을 중단하고 싶다고 말하기에 이르렀다. 그리고 성경을 읽던 소년은 신을 향해 "만약 제가 당신 곁으로 가길 바라신다면 제게 계시를 보내 주세요." 하고 기도하고 잠시 후 인공 투석의 바늘 자국에서 피가 흘러나온 팔을 어머니에게 보여 줬다. 소년은 이를 '신의 계시'로 이해했다고 한다. 어머니도 이를 인정하고 소년의 소망을 받아들여 투석을 그만두었다. 소년의 안락사가 미국 전역에서 화제가 되었다고 기사는 끝맺고 있었다.

다가미는 다음 기사부터는 표제만 읽었다. 미국의 안락사 혹은 존엄사 재판에 관한 기사와 일본에서 일어난 노인 자살이나 살인 기사, 그중에는 가나가와현 사가미하라시에서 작년 5월에 일어난 노칼럼니스트의 아내 교살 사건 기사가 날짜 순으로 재판 기사까지 정성껏 스크랩되어 있었다.

다가미는 첫 기사에 시선을 돌리고 담배에 불을 붙여 한숨을 섞은 연기를 뿜어내고 말했다.

"2년 전 7월이라면 다츠 씨가 치매에 걸린 직후로군."
"자살 방법까지 구체적으로 써 있네요."

일기에 얼굴을 박은 채 요시카와가 말했다.

"아니, 할머니를 죽일 살인 방법인가요. 과연,
담배 여섯 개비라. 그만큼 먹으면 죽죠."

215

"그 뒤를 읽어 봐."

다가미는 짧게 말하고 스크랩북을 뒤적거렸다. 그리고 표제를 본 것뿐이었던 기사 안에서 료사쿠가 붉은 연필로 밑줄을 그은 기사에 눈길이 멎었다. 올해 2월 3일자 기사로 "숙환 노인에게 단식으로 아사 권리 용인한 미국 대법원"이라는 표제의 기사였다.

2월 3일이라면 료사쿠의 일기에 단 한 줄, "단식은 어떨까."라고 쓰여 있던 날이 아닌가. 저 별채의 툇마루에서 아직 피어나려면 먼 홀아비꽃대의 봉우리를 바라보던, 노안경을 걸친 료사쿠의 눈은 이 작은 신문 활자를 좇고 있었으리라. 활자 위에 삐뚤삐뚤 그어진 붉은 선에 료사쿠의 작게 떨리는 손가락이 겹쳐져 떠올랐다.

2

"다 읽었습니다."

요시카와가 이번에는 얌전하게 말했다.

"료사쿠는 역시 다츠 씨에게 죽음을 의뢰받았던 거군요.
'할멈의 소원은 내가 이뤄 줄 거다.'라고 쓰여져 있잖아요."
"유서 삼아 쓴 마지막 일기에 그렇게 써 있지. 하지만
이 스크랩을 만들기 시작한 2년 전부터 자신들이 죽을
방법을 진지하게 생각하고 있었던 거군."
"안락사죠."
"여기 있는 기사에서 보는 한, 미국에서도 치매 노인의
사례는 없는 것 같군. 이 붉은 선이 그어진 기사는
85세 노인인 경우지만."
"미국에서는 재판을 걸 수 있지요. 일본의 경우는 변화가
늦으니까 스스로 고민할 수밖에 없습니다. 사가미하라
노칼럼니스트의 경우가 그렇지요. 그는 원래 신문기자
출신으로 인텔리니까 미국의 안락사, 존엄사 재판을 잘
알고 있었겠지만 그래도 재판을 걸지는 못했지 않습니까."

료사쿠가 오린 기사에도 있지만 이 사건이 일어난 것은 작년 5월 19일이었다. 오후 3시 무렵 가나가와현 사가미하라시에서 86세 스다 사카에가 차남과 함께 "아내를 죽였다"고 사가미하라 서에서 출두했다. 서에서 조사한 바에 따르면, 자택 2층 2평짜리 방의 이불 위에서 77세의 아내 가츠 씨가 목이 졸려 죽어 있었으므로 경찰은 스다를 살인 용의로 긴급 체포했다. 스다는 가츠 씨와 둘이서 살고 있었다. 가츠 씨는 약 1년 전부터 뇌연화증을 앓아, 누워 있다가 일어났다가 하며 생활하고 있었다.

경찰 조사에 따르면 스다는 그날 오전 5시 반쯤 가츠 씨가 허리끈 대신 쓰던 넥타이로, 화장실에서 방으로 돌아온 가츠 씨의 목을 졸라 죽였다고 자백했다. 도쿄신문의 연예 기자 출신으로 1936년부터 연예란에 화류계나 시정의 애환을 담은 칼럼 '천일야화'를 집필했고 1954년에는 제2회 일본 에세이스트 클럽 상을 수상했다. 아내를 살해한 당일의 칼럼난에도 집필하고 있었다.[*]

료사쿠의 사건과 비슷했으므로 이 사건의 재판 기록도 읽었던 다가미는 요시카와의 말을 끊고 말했다.

"요코하마 지방 법원의 사노 재판장은 그 사건을 안락사,

---

[*] 이 사건 내용은 실제 사건을 모델로 삼았다.

존엄사 문제로서 다루지는 않았지만 노인 치매 문제는
상당히 강조했지. 피해자인 아내의 뇌연화증이 어느
정도였는지는 모르겠지만, 아마 다츠 씨 같았겠지.
아내의 목을 조른 스다도 고령이었으니 그도 조금은
치매에 걸렸을지도 몰라. 료사쿠의 경우와는 사정이
다르지만, 사노 재판장은 판결문에서 '아내의 간호에
진력을 다한 피고인 스다는 부부애의 실천자'라고
평가하고, '자식들에게 폐를 끼치고 싶지 않아 도움을
청하지 않았다는 사실도 심정적으로는 이해할 수
있다'며 온정적인 말을 했어. 징역 3년이지만 집행유예가
3년이었지. 재판 판결이 나온 것이 작년 9월이었고 그는
그 후 아들 집에서 조용히 살고 있는 모양이더군. 그런데
그 차남이 도쿄 도내에서 자리보전하는 노인을 맡아
주는 양로원 원장이라니 도무지 모를 일이야. 정작 자기
어머니는 구하지 못했으니 말이야."
"스다는 아들의 양로원에는 자신도 들어가고 싶지 않았고,
아내도 넣고 싶지 않았던 거겠죠. 노인은 완고하니까요.
늙어도 약한 모습은 보이지 않겠다고 무리를 하는 법이죠."
"스다의 경우는 어찌 되었든, 료사쿠는 아내 다츠 씨와
어떻게 죽을지 2년 전부터 진지하게 생각하고 있었단 거지."

다가미의 목소리는 무엇을 향해서인지 알 수 없는 분노로 떨리고
있었다. 그는 손에 쥐고 있던 담뱃재가 길어져 떨어지려는 것을

발견하고 언제 불을 붙였는지 기억하지 못하는 담배를 재떨이에
문질러 껐다.

료사쿠는 일기에 '죽는 보람'이라는 말을 썼다. 다츠에게
촉탁을 받은 듯한 안락사를 자신의 손으로 실행하는 것을 '사회
에 보탬이 되는 자신의 마지막 일'이라고 썼다. 그것이 여든일곱
살까지 산 노인에게 단 하나 남겨진 삶의 보람이고, 치매에 걸린
아내를 안락사시켜 주고 자신도 죽는 일이 유일한 죽는 보람이었
을까.

"저 피해자의 편안한 마지막 얼굴은 아들 부부와 손주에게
폐를 안 끼치게 되어 기뻐하는 얼굴이었던 건가……."

스스로에게 들려주듯이 다가미는 중얼거리고 있었다.

"하지만 그거라면 피해자가 가여운데요. 바람피운
요시오도 나쁜 놈이지만, 손자인 다카오의 말버릇 하고는,
저건 아니죠. 자기 조부모를 대형 쓰레기 취급하잖아요!"

요시카와가 말했지만, 다가미 또한 오후에 늘은 나카오의 신술을
쓰디쓰게 떠올리고 있었다.

참고인으로 경찰에 불려온 것이 불만인 듯, 모리모토 다카오는
청바지를 입은 긴 다리를 내밀어 꼬고는 발끝을 까딱거리며 사정

청취에 응했다. 상대가 스무 살 학생이므로 심문은 젊은 요시카와에게 맡기고 다가미는 곁에서 듣기만 했다.

처음에 청년은 자신은 관계없는 일이라며 요시카와가 권한 마일드세븐 담배를 뚱하게 빨고 있었지만 자신이 의심을 받고 있는 게 아님을 깨닫자 혀를 차며 이야기하기 시작했다.

"난 솔직히 말해 노인이 생리적으로 싫어요. 노인은 냄새가
나잖아요. 그 늙은이 냄새가, 난 진짜 견딜 수 없다고요.
이쪽까지 비참해지는 것 같아서……
학교에서 돌아오면 눈앞에 왔다 갔다 하니까 기분이
나빠서 고2 때는 오토바이를 타고 돌아다녔던 거 아닌가,
지금 생각하면 그래요. 삼수를 하고 이쪽은 자살까지
생각하고 있는데, 곁에서 노인네가 질겅질겅 처먹고
있으니 짜증이 나서, 죽여 버리고 싶었던 적이 몇 번이나
있었죠. 노친네들은 왜 식욕만 있어서 죽고 싶다고
하면서도 더럽게 처먹는 걸까요……
하지만 우리 집 인간들 모두 노인 같다고 생각해요.
아버지도 그저 꾸역꾸역 일하고 있을 뿐이고 밖에 딴
여자가 있었던 모양이지만, 엄마와 이혼하고 새 출발할
생각도 없었던 것 같고, 엄마도 꽃꽂이를 가르치고 있지만
할아버지 할머니 수발을 내던지고 진심으로 인생을 다시
시작하는 것도 아니고. 그러는 저도 대학에 합격하고
목표가 없어진 것 같아, 수험생이었을 때가 희망이 있어서

차라리 좋았다고 생각하고 있지만요. 나오코는 대학 갈
생각도 없어진 모양이고, 할아버지 할머니가 죽으면 얼마
받을 수 있는지 돈 계산만 하고 있으니까요…….
할아버지 할머니는 우리가 모르는 곳에서 조용히 죽어
주면 좋았을 거라고요…….”

조용히 듣고 있던 다가미는 조부모에게 한 조각의 애정도 없는
청년의 괘씸한 언동을 견디지 못하고 곁에서 아무렇지 않은 척
중얼거리며 함정을 파 보았다.

　　“할아버지 외의 사람들에게도 살인 혐의는 있지…….
　　료사쿠와 다츠 씨는 너를 무서워하신 것 같던데.”
　　“할아버지가 자기가 했다고 진술했잖아요?”

삼수하고 대학교 일 학년이 된 청년은 경찰의 실수를 따지듯이
되물었다.

　　“네가 ‘죽여 버리고 싶다’고 생각했다면
　　의심할 수밖에 없지.”
　　“제가요? 그건 위험하네요.”
　　“그날 밤에 어디에 있었냐!”

요시카와가 거칠게 물었다.

"그날 밤은……."

"친구 하숙집에 묵었지 않았나? 응, 어떠냐?"

요시카와에게 질문을 받고 다카오는 어쩔 수 없다는 듯이 끄덕였다.

"여친이랑 하룻밤 내내 드라이브했었으니까……."

"드라이브 도중에 집에 돌아갔지?"

"……."

"다 증거가 있어. 네가 집에 돌아왔을 때 개가 소리를 냈지?
응, 료가 울었지?"

다카오가 눈을 피했다.

"여친과 함께 있었다는 건 거짓말이지."

"정말입니다. 물어보면 알 텐데요. 하룻밤 내내,
요코하마의 호텔에 있었으니까요."

"러브 호텔이냐!"

요시카와가 뱉어 내듯이 말하고는 다리를 꼬고 다카오처럼 발끝
을 까딱이며 침묵해 버렸다. 다가미가 말을 걸었다.

"네 알리바이는 따로 조사하겠지만,
한 가지 가르쳐 주면 좋겠군."

또 추궁당하는 줄 알고 경계하던 다카오는 턱에 난 여드름을 만지작거리면서 다가미를 올려다보았다.

"넌 노인이 싫다고 하는데, 그러면 자기 자신이
　누군지도 모르는 치매 노인은 어쩌면 좋다고 생각하지?"
"시설에 넣을 수밖에 없잖아요."

청년은 당연하다는 듯 대답했다.

"그럴 수밖에 없을까?"

대답을 기대한 것은 아니었지만, 그렇게 되묻자 다카오가 말했다.

"나라야마죠."
"나라야마?"
"영화로 봤는데, '나라야마 부시코*' 말이에요.
　그렇게 하면 되겠죠?"
"요즘 그런 장소가 있겠어? 네 할아버지 할머니에게
　나라야마 따위는 없잖니?"

---

　*
후카자와 시치로(深沢七郎)가 1956년 발표한 단편 소설 「나라야마 부시코(楢山節子)」는
베스트셀러가 되었고 1958년과 1983년, 두 번에 걸쳐 영화화되었다. 생존을 위해 70세 노인을
나라야마 산에 유기해야 하는 풍습이 있는 척박한 산촌을 배경으로, 모자지간의 애정과 슬픔을
담담하게 그린 작품이다. 여기서 이야기하는 영화는 칸영화제에서 황금종려상을 수상한
1983년 작품으로 추정된다.

"우리 할아버지 할머니라면 이타쿠라 늪이겠죠."

"바보 자식. 늪에 던져 버리면 된다는 거냐!"

요시카와가 고함을 치자 다카오는 고개를 움츠리고 꼰 다리를 될 대로 되라는 듯이 떨기만 하며 침묵해 버렸다…….

다가미는 료사쿠의 일기장을 요사카와에게 받아 노인 살갗의 온 도를 감지하려는 듯이 표지에 손을 올렸다.

　　"이 일기에서는 료사쿠가 다츠 씨와 둘이서 안락사 혹은
　　존엄사를 원했다는 걸 알 수 있지만, 그 결단에는 신의
　　힘 같은 것이 필요했는지도 모르겠군. 신문 기사 중에
　　안락사를 바란 소년이 '신의 계시'를 받았다는 기사가
　　있었지? 료사쿠는 그런 힘이 자기 등을 밀어주기를
　　기다리고 있었던 게 아닐까."
　　"W·W·C회에 들어간 것이 4월 무렵이던가요.
　　그 회에 들어가고서, 뇌우가 치는 밤에 '신의 계시'라도
　　받았던 걸까요?"
　　"글쎄, 그건…….."

W·W·C회는 어찌 되었든, 료사쿠는 그날 밤 장마의 마지막을 장 식한 천둥 번개를 하늘로부터 내려온 계시라고 느낀 것일까.

　　다가미는 신의 이름을 들먹이면서 노인들에게 안락사를

권하는 '환영마차'를 용서할 수 없었다. 하지만 어떻게든 죽기만을 절실하게 바라던 노부부의 마음속 어둠을 엿본 지금, 살인이라 해도 아내의 소원을 들어준 료사쿠에게 작용한, 눈에 안 보이는 어떤 힘을 느끼고 있었다. 만약 그것이 '신의 힘'이라면 경찰관인 자신의 손으로는 닿을 수 없는 것이 아닌가. 신을 체포할 수도, 재판을 할 수도 없는 노릇이니까…….

그러나 한편으로 다가미는 새롭게 솟아오른 의문을 억누를 수 없었다. 이쪽에서 아무 말도 하지 않았는데 어째서 요시오 부부는 료사쿠의 일기장과 스크랩북을 가져다 주었을까. 자신들이 의심을 받고 있다고 느끼고 료사쿠의 범행 증거가 될 물건을 제출한 게 아닐까. 일기는 그렇다 쳐도, 료사쿠가 2년이나 전부터 죽음에 관한 신문 기사를 오리고 있었다는 것을 오늘까지 몰랐을 수 있을까.

피해자 머리맡의 젖은 다다미에 손이 닿았을 때의 축축한 감촉이 되살아났다. 모리모토 다쓰가 여러 번 입에 올렸다는 '물로 죽고 싶다'는 말이 뇌리를 스쳐, 역시 나는 아직도 피해자 머리맡에 놓여 있던 세면기 물에 집착하고 있는 것이라고 다가미는 혼잣말했다.

그는 료사쿠의 일기장과 스크랩북을 미우라 과장에게 보여 주고는 제자리로 돌아가 송검 서류 작성에 착수했다. 체포장, 조사 보고서, 검시 보고서, 부검 보고서, 료사쿠의 진술 조서, 요시오 부부와 다카오의 진술 조서를 갖춰 송치서의 필요 항목을 기입했다. 송치 이유는 살인이다. 다가미는 잠깐 생각하고 료사쿠의 진술이 불충분하기 때문에 송검 후에도 계속해서 당서에 구류하여 조사하고 싶다는 바람을 덧붙였다.

경찰에 의한 신병 구속은 체포장 집행 후 48시간이다. 다가미는 시계를 보았다. 오후 6시 20분. 요코하마 지방법원에서 체포장이 내려온 것이 그제 오후 11시 30분이니까 앞으로 5시간 정도 남았다. 요시오 부부가 인사하러 돌아오지 않은 것으로 보아 아직 료사쿠를 면회하고 있는 것이리라.

다가미는 송치 서류 오른쪽 위를 '노끈'으로 엮고 미우라 과장, 차장, 서장의 결재를 받기 위해 서류를 들고 일어섰다.

3

모리모토 요시오와 리츠코는 유치장 면회실에서 이틀 만에 아버지와 대면하고 있었다.

구치소 접견실과 달리 피의자와 면회자 혹은 접견자 사이에 대화 구멍이 뚫린 유리막도 없는, 거의 사용하지 않았는지 곰팡이 냄새가 살짝 나는 작은 방이었다. 환풍기가 돌아가고 있었지만 쇠창살이 박힌 작은 창에 오후의 햇살이 닿아 열기가 고여 있었다. 구치소 직원과 료사쿠를 위해 특별히 배치된 여자 경관이 각각 구석 의자에 무표정을 가장하고 앉아 있었다.

료사쿠는 수갑은 채워지지 않았지만 얼굴이 매우 수척해 보였다. 수염이 듬성듬성 나고 뺨이 쑥 들어가 간신히 의자에 앉아 있는 것처럼 보였다. 하지만 아들 부부를 만난 기쁨을 작은 미소로 드러내며 두 사람을 쳐다보았다. 어색한 웃음으로 답한 요시오가 몸은 어떠시냐고 물었지만 료사쿠는 들리지 않는 모양이었다. 평소처럼 리츠코가 손을 내밀어 료사쿠의 가슴 호주머니에서 보청기 본체를 꺼내 스위치가 켜져 있는지 확인하고서 그것을 료사쿠의 손에 쥐여 주고, 그 손을 한동안 자신의 양손으로 감싸고 있었다.

요시오와 리츠코는 번갈아 료사쿠의 몸이 어떤지 묻고 다츠의 통야를 끝낸 것, 화장하여 유골은 이타쿠라의 절에 맡긴 일

을 얘기했지만, 료사쿠는 끄덕이기만 하고 스스로 말을 하려고
는 하지 않았다. 다만 때때로 작게 신음 비슷한 목소리를 냈다. 그
럴 때마다 주름이 모인 쑥 들어간 목의 울대뼈가 실룩실룩 오르
락내리락했다. 가슴 깊이 있는 생각을 말로 나타내려는지, 아들에
게 말하지 않으려 애쓰고 있는 건지, 혹은 노화한 기관에 솟아오
르는 가래를 삼키려는 소리인지도 몰랐다. 그리고 입가의 웃음도
사라지고 푹 꺼진 눈구멍에 둔하게 빛나는 눈빛이 두 사람에게
쏟아졌다.

"아버님, 필요하신 건 없나요? 드시고 싶은 건 없으세요?"

리츠코는 대답하지 못하는 료사쿠에게 반복해서 물었다. 하지만
요시오는 더 이상 할 말도 없어 아버지의 여윈 얼굴을 보고 있을
수밖에 없었다.

> 지금의 아버지에게는 그날 밤 모든 일도, 다음 날 아침
> 일도, 그리고 오후에 리츠코에게 부탁해 둘이서만
> 이야기한 일도, 전부 노망난 기억의 어둠 속으로 사라져
> 버린 걸까.

때때로 료사쿠의 텅 빈 시선이 쏟아질 때마다 모리모토 요시오는
아버지의 눈 안쪽에 존재하는 무언가에 말을 걸고, 그것을 확인
하듯이 시선을 맞췄다.

나는 이 늙은 아버지에게 죄를 뒤집어씌우고 있는 건가.
이게 진짜 아버지가 원한 일이고 내가 아버지에게 해 줄
수 있는 유일한 일인 건가.

소리를 치고 싶은 영혼이 몸속에서 솟아올랐다.

이대로 괜찮은 건가. 아버지는 진정, 만족하시고
계신 건가.

그날 밤 아버지는 이상해졌다. 자신이 한 짓을 기억하지
못하는 것 같았다. 하지만 나를 의심하고는 있었으리라.
리츠코도 또한 나를 의심하고 있었다.

나는 자신과 아버지를 감싸려 했고, 리츠코는 나와
아버지를, 그리고 때때로 약간 제정신으로 돌아온
아버지는 나를 감싸려고 했다. 아니, 셋의 머리가
혼란해져 있었다. 그래도 리츠코가 가장 냉정했다.
"아버님의 정기적금 통장과 인감을 훔쳐 갔다고 하면
어떨까?" 리츠코가 속삭였다. 나는 한밤중에 배회하다가
들르는 무로부시 영감님을 입에 올렸다. 나와 리츠코는
경찰의 눈을 피할 방도를 이것저것 상의했다. 좋은
생각이 떠오를 리 없었다. 곤도 의사에게도 은근히
부탁해 보았다. "역시 경찰에 알리죠." 리츠코가

말했다. 그것밖에 방법이 없었다. 아니, 그때, 리츠코는
자신이 죄를 뒤집어쓰려고 했던 것일까. 형사들이
왔을 때 나는 태연한 척하려고 안간힘을 쓸 뿐이었다.
형사들이 돌아가고 나서 리츠코에게 전부 털어놓을까
망설이고 있었다. 아버지는 상태가 한층 이상해져
있었다. 리츠코는 아버지가 한 짓이라고 확신하고 있는
모양이었다. "어쩌면 좋지. 우리가 아버님을 경찰에게
넘겨야 해? 살인범이 되는 거야." 리츠코는 쓰러져
울음을 터뜨렸고 소리 죽여 계속 울기만 했다. "어머니는
아버지가 편안하게 해 주서서 행복했을거야." 나는
그렇게 말할 수 밖에 없었다.

오후, 아버지와 둘만 남았을 때 아버지는 제정신이었다.
"할멈의 소원을 들어줄 사람은 나뿐이다. 너 따위가 할
수 있을 리가 없어. 할멈의 행복을 위해 해 줄 수 있는 단
하나뿐인 일을 너는 내게서 빼앗으려는 거냐!" 아버지는
자신의 얼굴을 날카롭게 찌르듯이 손가락으로 가리켰다.
관절이 불거진 손가락이 흔들리고 전신이 흔들리고,
그리고 남자답게 격정적으로 울기 시작했다.

하지만 아버지 한 사람을 경찰에 넘겼다는 사실은
변하지 않는다……. 아버지가 어머니 유체 곁에서 하룻밤
같이 잔 것은, 자신도 죽으면 아들인 내게 혐의가 갈

거라고 생각했기 때문일까? ……하지만 부검 결과는
액살이었다. 역시 아버지의 저 손이 어머니의 소원을
들어준 것이 틀림없다……. 그러면, 그때 어머니는…….

요시오는 요 사흘 동안 반복해서 떠올리고, 생각하고, 고민했던
일을 다시 반추하면서 아버지의 눈 속을 들여다보고 있었다. 아
버지의 홉뜬 눈에 자신의 얼굴이 작게 비쳤다. 아버지가 자신을
받아들이고 있는 것처럼 보였다.

　"아버지, 이걸로 괜찮은 거죠."

요시오는 더욱 얼굴을 가까이 댔다.

　"괜찮은 거죠, 이걸로."

리츠코도 료사쿠의 무릎에 손을 얹었다.

　료사쿠의 눈에 문득 빛이 깃들었다. 노인은 턱이 가슴에
닿을 만큼 크고 확실하게 고개를 끄덕였다. 굽어져 있던 등을 쭉
펴고 어깨도 활짝 펴고는 노익장을 과시하던 때처럼 다시 한번
의연하게 끄덕여 보였다.

　작은 창의 햇살이 힘을 잃고 여름 저녁놀의 투명한 빛이
세 명을 감싸자 제복을 입은 직원이 면회를 끝내라고 기침을 했
지만, 늙은 아내를 살해한 남편과 아들 부부, 이 세 가족은 각각

뇌우가 몰아치던 하룻밤의 기억을 더듬으며 말없이 서로 바라보고 있었다.

4

료사쿠는 리츠코가 다츠 곁에 나란히 깐 이부자리에서 양반다리를 하고 소량의 소주에 물을 타 마시며 텔레비전을 보고 있었다.

　　"덧문은 닫았어요. 가스도 잠갔으니까 이제 건드리시면
　　안 돼요. 따뜻한 물은 포트에 있어요."

물을 받은 세면기를 다츠 머리맡에 놓은 리츠코에게 귓가로 주의를 받고 료사쿠는 텔레비전 화면에 얼굴을 향한 채 끄덕였다.

　　"아버님, 아시겠죠. 에어컨도 껐으니까 이제 건드리지
　　마세요. 다 보시면 텔레비전 끄는 것도 잊지 마시고요.
　　전구도 꼭 끄세요."

리츠코는 침상에 누워 있는 다츠의 어깨에 손을 대고 안녕히 주

무시라고 인사하고 일어섰다. 텔레비전은 7시 뉴스 뒤 일기 예보
차례였다. 익숙한 여성 아나운서가 일본 열도의 기상도를 가리키
며 내일은 관동 지방도 장마가 끝날 거라고 예고하고 있었다.

　"그래도 엄청 내리네."

리츠코는 혼잣말하고 장지문을 뒤로 닫고 나갔다. 그 뒷모습을
보고 두 손을 모으고 있던 다츠는 벽을 향해 한동안 가만히 있다
가 벽쪽 머리맡에서 경대를 끌어당겨 누운 채 퍼프로 얼굴을 두
들기고 입술을 붉게 칠했다. 한동안 안 했는데 또 저 짓을 시작했
다고 료사쿠는 불평 한마디는 던지고 싶은 기분이었지만 침묵했
다. 8시가 지나 나오코가 와서 텔레비전 소리가 너무 크다고 소리
를 줄이고 나갔다. 9시에 텔레비전을 껐을 때 다츠는 이미 가볍게
'코'를 골고 있었다.

　비가 심하게 쏟아지고 있었다. 료사쿠의 먹은 귀에도 물소
리가 폭포처럼 들리는 것은, 작년 낙엽으로 막힌 홈통에서 흘러
넘친 빗물이 차양에서 직접 떨어지고 있기 때문일 것이다. 료사
쿠는 주황색 알전구만 켜 두고 잠자리에 들어가 코앞에 있는 다
츠의 얼굴을 보았다.

　"……저기, 할멈."

립스틱을 바른 늙은 아내의 야윈 얼굴이 엷고 어두운 빛에 비쳐

드러나 있었다. 아무것도 모르고 '코'를 골고 있다. 잠든 채여도 상관 없었다. 얘기해 봤자 통하지 않을 것이다.

"저기, 할멈. 이 세상을 떠나는 건 이 세상에 왔을 때와 마찬가지로 제멋대로는 할 수 없다네. 만사 때가 되기를 기다려야 한다고. 하지만 뭐, 우리는 다 시들고도 이렇게 지내고 있어. 당신이 말하듯이, 우리 쪽부터 갈 수밖에 없지."

귓속으로 쏟아지는 빗소리 속에서 땅속에 사는 벌레가 울고 있었다.

"나는 이제, 무섭지도 아무렇지도 않아. 내일은 장마가 그친다고 하데……."

이제까지 사는 방식을 스스로 선택해 왔으니 죽는 방식도 스스로 정해야지……료사쿠는 생각하다가 어느새 졸고 있었다.

"영감……영감……."

누군가가 부르고 있었다. 어깨가 흔들려 깨어났다. 다츠가 부르고 있는 것이었다.

"영감, 간지러……."

다츠는 옆 침상에서 여름 이불을 밀어내고 유카타를 끌어내려 가
슴을 드러낸 채 가슴 근처를 긁고 있었다.

　"또야, 할멈."
　"간지러, 간지러워……."

다츠의 등을 유카타 위로 문지르듯이 긁어 주면서 료사쿠는 한숨
섞어 말했다.

　"늙은이는 피부가 건조해서 간지러우니까
　참아야 한다니까."
　"거기만이 아니야. 영감은 아무리 시간이 지나도
　잘 못 긁는다니까……."

료사쿠도 혼잣말로 불평했지만 자기 몸까지 간지러워졌다. 사체
에 달라붙은 엄청난 양의 작은 벌레가 파드득파드득 꿈틀거리며
돌아다니다 양팔에서 가슴, 목, 하복부까지 퍼지는 것 같았다. 료
사쿠는 세면기 물로 수건을 적셔 짠 다음 유카타를 벗기고 다츠
의 몸을 젖은 수건으로 문지르기 시작했다. 등을 닦고, 허리 욕창
주위는 아파하니 피하고, 위를 향해 눕힌 다음 위에서 들여다보
며 가슴에 붙어 있는 유방부터 목, 아랫배, 다리 순으로 닦았다.
젖은 수건의 차가움에 기분이 좋아진 다츠는 잠시 얌전해졌지만

피부 안쪽부터 올라오는 간지러움 때문에 발작처럼 몸을 꼬면서 가렵다고 했다.

"'기저귀' 따위 떼 줘."

며느리 리츠코에게는 공손히 부탁하지만, 료사쿠에게는 명령하듯이 말하며 떼를 썼다. 벌거벗겨 주자 다츠는 불쾌감이 덮쳐 몸을 흔들었고, 료사쿠가 닦어 주는 것이 성에 차지 않아 손발을 퍼덕였다. 평소에는 걸레짝처럼 말도 하지 않고 누워 있는데 이때만은 날뛰는 것이다.

오늘 밤은 그것이 한층 심했다. 다츠는 뼈와 가죽만 남은 시든 몸속에서 남아 있는 힘을 다 끌어내는 것처럼 경련하듯 몸을 일으키려 하며 버둥거렸다. 료사쿠는 화가 나서 거칠게 눌렀다. 그러자 그 두 손 아래 다츠의 몸에서 문득 힘이 빠지고 눈을 감은 채로 중얼거렸다.

"영감……. 전에 부탁했던 일, 오늘 밤 해 줘요."

말은 분명히 알아듣지 못했지만 느슨해진 몸이 말해 주고 있었다. 입가가 느슨해지고 눈꺼풀 사이에서 애원하는 눈빛이 흘러나와 료사쿠를 올려다보고 있었다. 다츠는 가슴 앞에 두 손을 모으고 나무아미타불, 나무아미타불, 하고 염불을 외었다.

가는 목에 댄 손가락에 힘을 넣으려고 하자

"영감, 부탁해요. 대사님, 아미타불님, 예수님…….

부탁해요…….”

다츠는 료사쿠의 머리를 살짝 껴안듯이 손으로 두르고 쓸어내리며,

"영감은 반드시 내가 금방 불러 줄 테니까.”

그렇게 말하고 눈을 감았다. 료사쿠도 눈을 감고 다츠의 목에 자기 손을 얹고 합장하듯이 손가락에 힘을 주었다. 이 손으로 널 편하게 해 주겠다, 바로 따라가마……. 하지만 아무리 힘을 주어도 늙은 손이 저려 생각처럼 힘이 들어가지 않았다.

빗발이 강해지고 홈통에서 흘러넘친 빗소리가 더욱 커졌다. 멀리서 천둥이 치고 있었지만 빗소리도 천둥소리도 료사쿠의 귀에는 들리지 않았다. 심한 이명만 들리고 몸속의 흉폭한 것이 그를 부추기고 있었다. 료사쿠는 야윈 다츠의 맨몸에 올라타 다츠의 목을 졸랐다. 다츠의 머리는 아직 목을 가누지 못하는 아기처럼 흔들거렸다. 그러자 손가락에서 거칠고 사나운 힘이 빠져나가고 이명도 신기하게 사라졌다. 점점 빠르게 돌아가던 팽이가 절정에서 멈춘 듯한 조용함에 이르러, 늙은 아내의 목을 파고 들어간 굳은 손이 무엇인가 다른, 부정이라고는 조금도 없는 것으로 느껴졌다.

료사쿠는 축 늘어진 다츠의 목에서 자기 것이 아닌 그 손

을 떼고, 다츠에게 유카타를 입히고 몸가짐을 정돈해 주었다. 그리고 다츠의 몸에 전신을 갖다 대듯이 드러누워 주황색 알전구의 몽롱한 조명 안에서 벽에 늘어선 사진 속 부모와 전사한 아들들을 올려다보고 있었다. 한동안 그렇게 있자 평온한 졸음이 찾아와 노인은 눈을 감았다.

　　……꿈속에서 빗소리가 들렸다. 비가 내리는 고향 늪 부근에 다츠와 둘뿐이었다. 빗발에 젖은 물가의 갈대가 바람을 맞아 서로 교차하며 흔들흔들 넘실거리고 있었다. 오후 늪의 수면에 비치는 요요한 빛이 하늘에도 떠돌아, 다츠와 둘이서 하늘의 한 곳을 올려다보고 있었다……. 비가 오고 있었고 늪과 땅 경계의 초원에서 노니는 아이들의 환호성이 들렸다. 거기에 빛이 비쳐서 보니 요시오와 노리코가 있었다. 겐이치로와 료지도 있었다. 어려서 죽은 아이들도 있었다. 손주인 다카오와 나오코도 있어 모두 같은 나이 또래인 아이들이 물가의 풀 위를 뒹굴며 놀고 있었다. 작업복 차림의 료사쿠가 아이들을 불러 모아 한 명 한 명, 작은 손에 과자를 나눠 주었다. 달지도 짜지도 않은, 신의 빵과 비슷한 10엔짜리 동전 크기의 과자였다. 빙 둘러앉아 다츠까지 과자를 다 먹자, 모두 도깨비 가면을 쓰고 역시 도깨비 가면을 쓴 다츠에게 잡아 보라고 떠들어 댔다. 다츠는 누구부터 잡을까 손을 내밀며 도깨비 가면에 뚫린 작은 구멍으로 늪가의 초원을 엿보고 있었다. 료사쿠도 똑같이 가면 안쪽에서 초원을 달리는 아이들을 바라보고 있었지만, 새끼 거미가 도망치듯이 아이들은 달려가고 이제 아무 모습도 보이지 않았다…….

다츠가 작게 신음하고 몸을 움직인 것을 잠들어 있던 료사쿠는 몰랐다. 바람이 불어 비에 젖은 정원수 잎이 쏴아아 흔들리고 있었지만 빗발은 약해진 것 같았다. 천둥이 아까보다 가까이서 울렸다.

유리창에 맺힌 빗방울은 제 무게를 견디지 못하게 되자 유리를 미끄러져 떨어졌다. 모리모토 요시오는 그것이 자기 모습 같다고 생각하며 혼잡한 쇼난 전철 막차 승객 사이에서 부대끼면서, 아까부터 차창 바깥쪽에 흘러 떨어지는 빗방울을 바라보고 있었다.

전철은 요코하마를 지나 도즈카 역에 정차하고 있었다. 브레이크가 걸리자 차창의 무수한 빗방울은 진행 방향을 향해 일제히 미끄러져 떨어졌다.

전철이 도즈카 역에 멈췄다. 문쪽에 서있던 요시오는 내리는 손님들에게 휘말려 플랫폼으로 밀려났다. 같은 플랫폼 반대쪽에 요코스카 선 하행선 전철이 멈춰 있었고 역의 안내 방송이 들렸다.

"요코스카 선 하행선 마지막 열차가 늦어지고 있습니다. 바쁘신데 송구하지만, 2번 선의 하행 마지막 쇼난 진철은 환승 열차를 위해 15분 정도 늦게 출발하겠습니다."

그러면 지금 같은 홈에 멈춰 있는 것은 요코스카 선 막차 한 대 앞의 전철이다. 문득 깨달은 요시오는 막 문이 닫히는 그 전철에 뛰어들었다. 전철은 바로 움직이기 시작했고, 스스로 잘했다고 미소 지었다. 바로 다음이 오후네 역인데, 역 앞에서 택시를 기다려야 하는 시간을 생각하면 이것은 분명 행운이었다. 그런 대담한 행동을 할 수 있었던 것은 플랫폼으로 밀려났기 때문이었으니까, 그런 사람은 요시오 말고는 거의 없었을 것이다.

이쪽 전철은 비교적 사람이 적었다. 그는 오후네 역의 계단 앞에서 멈추는 출입구로 미리 이동해, 오후네 역에 도착하자 누구보다 빨리 계단을 올라갔다. 오늘 밤은 술이라고는 한 방울도 안 마셨고 요즘 조깅으로 단련한 덕분에 발도 가벼워 숨도 거의 차지 않았다. 생각대로, 택시 승강장의 줄은 서너 명 정도라 금방 택시를 탈 수 있었다.

가로등 빛으로 손목시계를 보자 0시 40분이었다. 그가 원래 타고 있었던 쇼난 전철은 아직 도즈카 역을 출발하지 않았을 것이다. 그 붐비는 전철을 타고 또 택시를 기다리는 시간을 생각하면, 상당히 시간이 단축되었다. 그 자신 이외에는 아무도 모르는 귀중한 시간이다. 그렇게 생각했을 때, 모리모토 요시오의 얼굴에서 핏기가 가신 것을 운전사가 눈치챌 리도 없었다.

"손님, 뉴타운 어느 쪽이죠?"

무뚝뚝한 질문에 모리모토 요시오는 순간적으로 대답했다.

"입구 쪽이면 됩니다. 집이 뉴타운 안쪽은
아니라서요."

택시에서 내려 그는 일단 골목에 들어갔다가 택시가 다시 역 쪽
으로 떠난 뒤 뉴타운의 언덕을 지름길로 올라갔다. 비는 거의 그
쳐 우산을 쓸 필요도 없었다. 그 지름길에는 돌계단이 있지만 늘
조깅으로 달리던 코스였다. 아무도 마주치지 않았다.

집 앞에서 호흡을 가라앉히고 발소리를 죽이고 살금살금
걸어 들어갔다. 그의 집은 대문 등과 현관 등이 켜져 있을 뿐 어느
창이나 캄캄했다. 금속 소리가 나지 않도록 대문을 살살 열자 개
가 응석부리는 소리를 내어 그는 헉 하고 움직임을 멈췄다. 이대
로 현관문을 열고 집에 들어가면 아무 일도 없이 오늘과 다름없
는 내일이 시작된다. 그러나 일순의 망설임이었다. 그는 개에게
다가가 머리를 쓰다듬었고 개가 꼬리를 치면서 얌전해지자 발소
리를 죽이고 집의 뒤쪽으로 돌아가 서쪽 길을 따라 별채로 향했
다. 연결 복도로 이어진 별채 미닫이문에 손을 대 보니 오늘 밤도
문은 잠겨 있지 않았다.

어머니에게 죽음의 의뢰를 받고서 이렇게 아무도 모르게
한밤중에 별채에 숨어드는 것을 몇 번이나 상상했던가. 하지만
지금까지는 알리바이가 있는 빈 시간을 만들어 내지 못했다. 오
늘 밤은 순전히 우연하게 그 시간이 굴러 들어온 것이다. 평소대
로 움직이는 다른 그는, 아직 도즈카 역에서 환승을 기다리며 출
발이 늦어진 쇼난 전철의 차내에 있는 것이다.

별채에 들어가 장지문 앞에서 귀를 기울였다. 아버지가
'코고는 소리'가 들렸다. 장지문을 살짝 열어 두 사람이 잠든 이부

자리 발치를 들여다보고 방에 들어갔다. 익숙한 악취가 코를 찔렀고 그는 온몸이 굳었다.

　　알전구의 어둑한 빛에 비친 어머니가 보였다. 뼈가 불거진 어깨를 유카타에서 드러낸 채 이불에 엎드린 어머니는 머리맡의 세면기에 얼굴을 처박듯이 몸을 앞으로 기울이고 있었다. 작은 머리의 빈약한 백발이 희미하게 흔들리고 있었다. 머리 무게를 지탱해 세면기 물에 얼굴을 갖다 대고 물거울을 들여다보고 있는 것이다.

　　매일 밤 이러고 나를 기다리고 있었던 건가……. ……아, 요시오. 장마가 시작되고 어느 날 밤 다츠가 귓가에서 속삭였던 것이다. ……아주 잠깐, 머리를 눌러 주면 되니까. 머리카락에 손을 올려놓고만 있어도 돼. 네 손으로 그렇게 해 주렴…….

　　옆 침상에서 모포를 가슴 아래까지 밀어 낸 료사쿠가 입을 반쯤 열고 괴로운 듯이 '코'를 골며 잠들어 있었다. 요시오가 반 걸음 다가가 들여다보자 눈꺼풀이 경련하며 신음했다. 뼈가 굵은 팔이 이불 밖에 던져진 채 힘쓰는 일을 한 다음처럼 떨리고 있었다.

　　요시오는 그 팔을 넘어 다츠의 머리맡에 섰다. 그때 다츠는 료사쿠에게 목을 졸려 의식을 잃었으나, 죽지 못하고 빈사 상태로 자리에서 약간 밀려 나와 세면기 물에 비치는 고향 늪을 들여다보고 있었던 것이었지만, 요시오는 아버지가 한 짓을 몰랐다.

　　존속살인. 어둠 밑바닥에서 외치는 자신의 목소리가 들렸지만, 그는 아기 같은 어머니를 등에 업고 고향 늪가에 겨우 다다른 자신을 느끼고 있었다. 어머니의 노랫소리가 들렸다. 일순 번

쩍인 벼락의 흰빛 속에서 겨우 머리 무게를 지탱하고 있던, 가는 목이 툭 꺾이고 다츠는 세면기 물에 얼굴을 박았다. 정신이 들었을 때 요시오는 어머니의 뒤통수에 손바닥을 올려놓고 있었다. 희미한 머리카락의 감촉을 통해 '목덜미의 움푹 파인 곳'과 작은 두개골의 둥그런 모양을 느끼고 약간의 온기도 전해져 어머니를 향한 예전의 애정에 휩싸였다. 하지만 숨 쉬기 힘들어 머리를 들려고 저항하는 어머니의 힘이 자신의 손바닥을 밀어 올렸다.

사라지려는 어머니의 생명을 애처롭게 여기며 오랫동안 누르고 있다고 생각했지만, 어쩌면 아주 잠깐이었는지도 모른다. 손을 떼자 다츠의 '미간' 근처 물에서 보글보글 거품이 나고 손바닥을 밀어 내던 힘은 사라졌다.

세면기에서 물이 흘러넘쳤고 다츠의 머리는 세면기에 얼굴을 처박은 채 더 이상 움직이지 않았다. 천둥소리가 울렸다. 요시오는 무거워진 어머니의 머리를 양손으로 들어 올려 품에 안은 뒤 한쪽 팔로 어머니의 몸을 들어 이부자리에 눕혔다. 그는 여름 이불을 어머니의 목까지 덮어 드리고 얼굴을 향해 두 손을 모았다. 바로 방을 나오려다가 문득 등에서 아버지의 시선을 느끼고 돌아보았다. '코골이'는 멈췄다. 멍하니 열린 아버지의 눈이 그를 올려다보고 있었다. 아버지는 모든 것을 목격했는가, 그저 방을 나가려는 아들의 뒷모습을 보았을 뿐인가.

장지문을 닫은 그는 아버지와 일순 시선이 마주친 것은 기분 탓이라고 생각했다. 아니, 그렇게 생각하려 했다. 어머니 곁에 반듯하게 누워 멍하니 뜬 눈으로 그를 올려다보는 아버지의 모습이 뇌리에 새겨지면서도, 별채를 나선 그는 장지문을 닫았는지 어쨌는지도 기억하지 못했다.

그는 들어왔을 때와 똑같이 집 뒤쪽으로 돌아, 이번에는 꼬리만 흔드는 개의 머리를 쓰다듬고 문을 나서 발자국 소리를 내지 않고 서둘러 집을 떠났다. 조금 가자 뉴타운으로 온 승객을 막 내려 준 택시가 있어 손을 들어 탔다.

"역으로 가 주세요."

무뚝뚝한 운전사는 대답도 하지 않았다.

승차장 조금 앞에서 내리자 쇼난 전철과 요코스카 전철 막차가 도착했는지 택시를 기다리는 줄이 생겨 있었다. 아직 역 계단을 내려오는 승객이 있었다. 우산을 쓰고 길모퉁이 그늘에 선 그는 막차에서 내린 직장인들에 섞여 들었다. 바로 앞에 도쿄에서 이미 꽤 술을 걸치고 온 듯한 이웃의 구로키가 갈지자 모양으로 단골 바 쪽을 향해 걷고 있었다.

벼락이 번쩍이고 근처 어둠 속에서 천둥소리가 울렸다.

장대비가 모리모토 씨 집의 지붕을 격렬하게 두들기고 별채 홈통에서 흘러나온 빗물이 차양에서 쏟아지고 있었다.

요시오가 택시를 타고 집에 돌아왔을 때 료사쿠는 다츠 곁에 누워 눈을 뜨고 있었다. 립스틱을 바른 아내의 입술이 시든 들꽃처럼 보였다. 아까 요시오가 이 방에서 다츠의 머리를 누르고

있었는데, 그건 꿈이었을까. 료사쿠는 때때로 생각이 난 듯이 다
츠의 몸을 흔들고, 다시 목을 조르고, 아내가 살아 있는 것처럼 유
타카 위로 다정하게 긁어 주고, 쓰다듬으며 문질렀다. 덧문 사이
로 벼락의 섬광이 한순간 노부부의 모습을 비췄고, 곧이어 다시
어둠 속으로 돌아갔다.

이윽고 천둥소리가 멀어지고, 비가 그치고, 비구름이 사라
져 장마가 끝난 새벽의 푸른 하늘이 펼쳐질 때까지, 료사쿠는 그
렇게 하고 있었다.

생명의 온기가 사라진 다츠를 껴안으며 료사쿠는 60년을
함께 한 아내의 소원을 들어준 희열로 인한 졸음에 사로잡혀 눈
을 감았다. 이대로 자신도 죽는다. 자면 죽을 수 있다……. 할멈이
불러 준다…….

요시오는 리츠코 곁에서 한숨도 자지 못했다. 알코올의 취기도
그를 잠들게 해 주지 못했다. 천둥소리를 들으며 조각나고 문드
러진 꿈을 꾸었다. 철썩철썩 물소리가 나는 늪 안을 기어다니며
발버둥치고 있었다. 그런 자신의 신음소리가 들렸다. 왜 그래? 가
위 눌렸어? 리츠코가 수상하게 여기지 않을 리 없었다.

의심한 리츠코가 남편을 감싸기 위해 처음 진술한 바와 달
리 부부는 거의 이야기를 하지 않았다. 요시오는 리츠코의 손목
을 잡아당겨 매달리듯 껴안았다. 털어놓지도 못하면서 계속 아내
몸을 찾았다. 그러고 나서 조금 졸고 있었을까. 정신이 들자 리츠
코는 이미 없었다. 허옇게 아침 햇살이 비치고 별채 지붕에서 새

들이 노니며 우짖고 있었다. 장마가 끝났을 뿐 아무것도 바뀐 것은 없었던 것이다.

7시 10분, 평소처럼 침대를 나섰다. 운동복을 입고 선연한 한여름 햇살에 몸을 드러낸 그는, 오랜만에 주택가를 눈부시게 비추는 아침 햇살 아래에 서서, 죽음을 바라던 어머니의 소원을 들어준 일을, 모자를 묶고 있던 불길한 유대가 드디어 끊어졌을 뿐이라고 여길 수 있었다. 그는 여름의 아침 하늘을 올려다보며 그저 달렸다. 그리고 그 빛으로 가득 찬 푸른 하늘 밑에서 아무 일도 없었다고 자신에게 속삭이고 있었다…….

5

면회를 마친 모리모토 요시오와 리츠코가 인사를 하고 서를 나서는 뒷모습을 배웅한 다가미 형사는 미우라 과장에게 호출되어 과장 자리로 갔다. 책상 위에 결재가 내려진 료사쿠의 송치 서류와 일기장, 스크랩북이 놓여 있었다.

　　"구류 말인데요."

미우라 과장이 말했다.

　　"서장도 차장도 이 건에 관해 구류할 필요는 없다고
　　합니다. 송치서의 구류 희망은 미안하지만 삭제해
　　주겠습니까?"
　　"하지만, 과장님."
　　"료사쿠의 진술은 다소 불충분하지만 자백을 했고,
　　일기와 스크랩북이 범행 동기의 물증이니 그걸로
　　충분합니다. 뭐, 의심하자면 요시오 부부도 다카오도
　　용의자가 될 법하지만, 료사쿠의 치매가 저렇게 심하니
　　나머지는 지검에 맡기죠. 일반 시민들의 투서도 산처럼
　　와 있으니 우리 서에서 구류해서 굳이 경찰 이미지를

나쁘게 할 것도 없죠. 난고다이 뉴타운 자치회에서도
서장 앞으로 탄원서를 보냈어요. 더구나 예의
W·W·C로부터도 와 있죠. 우리 서로서도 이례적인
일이지만 관대한 처분을 바라는 의견서를 첨부해서
지검에 보내라고 서장님도 말씀하시고 계시고요. 지검의
시모무라 검사에게 서장님이 전화로 얘기하셨죠.
피해자의 촉탁에 의한 것인지 료사쿠의 자주적인
범행인지는 지검 쪽 조사에 맡기기로 하고, 다가미 씨도
이번 사건은 이렇게 끝내는 것이 어때요?"
"사건 당일 밤 개가 운 점은 어떤가요?"

옆에서 요시카와가 말했다.

"저렇게 천둥 번개가 심한 밤이라면 리츠코가 말했듯이
개도 외로워서 응석 부리는 소리를 낼 수 있겠지.
설마 '개는 알고 있다'는 것도 아닐 테고."

미우라 과장은 그렇게 말하며 웃고는 콧등에 손을 두고 있던 다
가미에게 주의를 주었다.

"알겠죠. 지검 쪽에서 전문의가 료사쿠를 진찰하고 상태에
따라서는 입원시켜 줘야 하지 않겠어요. 저 노인도 딱하지
않습니까. 지검 쪽에서는 이번 사건은 불기소 처분이나

기소 유예 선에서 생각하고 있나 보더군요. 기소 중에
고령인 료사쿠가 죽으면 세간이 시끄러워지니까요."

한 시간 뒤 다가미는 모리모토 료사쿠를 아내 살인의 피의자로서
요코하마 지방검찰청으로 호송했다.

장마가 끝나고 맑은 날이 이어지던 밤하늘에 약간 일그러
진 달이 솟아올라 있었다. 거리의 열기 때문인지 붉게 부푼 큰 달
이었다. 에어컨을 켠 경찰차 차내는 시원하여, 면회 때 리츠코가
차입품으로 넣어 준 깔끔한 회색 반팔 셔츠를 입은 료사쿠의 팔
이 추워 보였다.

"괜찮으신가요. 너무 춥지 않나요?"

오른쪽 옆자리에 앉은 다가미가 료사쿠의 가슴 호주머니에 있던
보청기에 입을 대고 말을 걸었다. 료사쿠는 끄덕였다. 왼쪽 팔에
인형을 안고 있는 오늘 밤의 료사쿠는 침착했다. 서를 출발하기
전 배고프지 않냐고 물은 다가미에게 료사쿠는 '메밀국수'가 먹
고 싶다고 했을 정도였다. 아들 부부를 만나서 기분이 누그러진
것일까. 다가미는 바로 '메밀국수'를 갖다 주고 형사 방 책상에 마
주 앉아 먹었다. 료사쿠는 '메밀 끓인 물'을 맛있는 듯이 두 잔 마
셨다. 그때 다가미는 '국수' 조각이 료사쿠의 셔츠 가슴에 붙어 있
는 것을 깨닫고 웃으며 떼어 주었다.

"저기……."

료사쿠가 목을 떨며 물었다.

"제 일이 신문에 실렸습니까?"
"그게 말이죠……."

말하려다가 다가미는 료사쿠가 어떤 뜻으로 물었는지 몰라 망설였다. 신문에 실린 것을 수치스럽게 여겨 가족까지 힘들게 만들었을까 걱정이 되어서 물었는지, 아니면 일기에 썼던 노인의 절실한 소원이 세상에 알려졌을까 확인하고 싶은 것인지, 어느 쪽으로도 해석할 수 있었기 때문이다.

"신문에는 실렸지만, 할아버지의 일기나 신문기사
스크랩도 함께 실어서 할아버지의 생각도 기사에 분명히
나왔습니다."

미우라 과장은 신문기자에게 료사쿠의 일기와 스크랩북에 관해 아직 발표하지 않았지만, 다가미는 한 마디 한 마디 또박또박 료사쿠에게 그렇게 말하고 수갑이 채워진 노인의 오른손에 자기 왼손을 올려 부드럽게 쥐었다. 검버섯이 핀 야윈 손은 차가웠지만 관절이 불거진 손가락에 농부의 딱딱한 '못'이 느껴졌다. 다가미는 수갑을 풀어 주고 창도 열어 차 안에 여름의 밤바람을 들여 보냈다.

료사쿠는 기분 좋은 듯 귓가에 약간 남은 백발을 바람에 휘날리며 거리를 바라보고 있었다. 차는 요코하마 번화가로 들어갔다. 쇼윈도의 불이 반짝이고, 젊은이들이나 가족들이 활기차게 오가고 있었다. 빌딩 너머로 붉은 달이 보였다.

"장마가 언제 끝났지……."

료사쿠가 또 시골말로 중얼거렸다.

그 노인의 눈은 촉촉했지만 슬픔이나 고통의 눈물이 아니라 모든 것을 이룬 자가 눈물샘이 느슨해진 것뿐인지도 몰랐다. 다가미는 료사쿠의 눈가 주름에 맺힌, 눈물이라고 할 수 없는 습기에, 문득 다츠의 머리맡에 매일 밤 놓여 있던 세면기 물속, 달이 비친 듯한 담담한 반짝임을 떠올렸다.

그 물이 할머니를 안락한 죽음으로 유혹하여 죽게 만든 게 아닌가. 미우라 과장에게도 요시카와에게도 입 밖에 내지 않았던, 상상의 영역을 벗어나지 못하는 자신의 찜찜함을, 그러나 다가미는, 송검되고 있는 노인에게 굳이 물으려 하지는 않았다.

돌
봄

너
머
로

흔히 일본은 노인대국이라고 한다. 실제로 일본 총무성의
발표에 따르면 현재 일본 총인구 중 29%가 65세 이상의
고령자이다. 일본의 인구가 12년째 감소하고 있는 가운데,
고령화와 저출생은 늘 손꼽히는 사회 문제였다. 내가 일본에서
십여 년간 생활하면서 느낀 것은 일본 사회가 노인을 존중하는
사회라는 것이었다. 어디에나 노인들에게 천천히 설명해
주는 친절한 직원들이 있었다. 버스는 행동이 느린 노인들이
자리에 앉기 전에는 출발하지 않았고, 동네의 작은 상점에서
노인들은 느긋하게 쇼핑을 하고 있었다. 전시회나 관극에서는
젊은이들보다도 노인 관람객이 많았다. 그 평화로운 모습 이면에
존재하는 갈등을 처음 감지한 것은, 어느 한가한 오후에 우연히
시청한 텔레비전 드라마의 한 장면 때문이었다.

미스터리 드라마의 클라이맥스 장면이었다. 범인은 한국의
보건복지부에 해당하는 일본 후생노동성의 관료였다. 그는
획기적인 노인병 신약 개발을 저지하기 위해서 범행을
저질렀음을 태연하게 자백하고 있었다. 그 신약이 공개되면 노인
인구가 폭발적으로 늘어나게 되기 때문에 어쩔 수 없었다는
것이다. 텔레비전이 빠르게 '늙은' 미디어가 되어 가는 상황에서,
많은 시청자가 노인일 한낮의 미스터리 드라마가 당당하게 노인
인구의 증가는 국가적 재앙이라고 이야기하고 있었다. 그때
받은 충격은 지금까지도 머리 한구석에 남아 있다. 비록 악당의
입을 빌렸다 하더라도 노인이란 이제 사회에 아무런 생산적인

역할을 하지 못하고 부담만을 주는, 사회의 짐과 같은 존재라는
싸늘한 시각을 읽어 낼 수 있었기 때문이다. 그리고 2023년
현재, 일본만이 아니라 동아시아 전체에서 그러한 시각은 결코
새롭지도 드물지도 않게 된 것처럼 보인다.

『돌봄살인』의 작가 사에 슈이치가 실제로 자신의 부모를 돌본
자전적 경험을 바탕으로 한 개호소설『황락(黃落)』을 발표한
것이 1995년이었다. 초로의 부부가 노년의 부모를 돌보는
내밀한 고통을 토로하는 이 소설은 일본 사회에 큰 충격을
주었다. 일본 노년문학 연구자로서 내가 주목한 것은 이 소설의
마지막이 어머니의 죽음, 그것도 치매를 가장한 '아사'로 끝을
맺는다는 점이었다. 이 소설은 길고 고통스러운 돌봄을 끝내는
것은 결국 돌봄을 받는 사람의 죽음뿐임을 이야기하고 있었다.
돌봄을 주제로 한 다른 개호소설이 고된 돌봄 속에서 보람과 더
큰 애정을 발견하는 것에 비해, 매우 특이한 관점이었다. 나는
어째서 이 작가가 이렇게 남들과 다른 관점을 갖게 되었는지
궁금해졌고, 다른 작품을 거슬러 올라 그보다 10년 전에 발표한
『돌봄살인』에 다다랐다.

『돌봄살인』도 1985년 당시 일본 사회에서 화제가 되었고,
이듬해에는 〈인간의 약속〉이라는 제목으로 영화화되었다.
그러나『돌봄살인』은『황락』만큼 큰 성공을 거두지는 못했다. 그
이유는 두 소설을 번갈아 읽어 보면 쉽게 알 수 있다.『황락』의

주인공이 늙은 부모를 향한 애증에 고통받으면서도 돌봄에서
가치를 발견해 나가는 데 비하여 『돌봄살인』의 주인공 모리모토
요시오는 돌봄에서 비롯된 가족의 분열과 갈등은 회피하면서
부모의 죽음으로 돌봄이 자신의 가정에 불러온 모든 성가신
문제가 해결되기를 바란다. 『황락』의 노모가 아들을 향한 모정의
발로로서 치매를 가장하여 '아사'라는 형태의 자살을 선택하는
데 비하여, 『돌봄살인』의 노모는 가족에게 살해당한다. 1980년대
일본 사회에서 스스로를 불효자라고 생각하고 싶은 사람도 결코
많지는 않았겠지만 늙은 부모를 향한 살의를 인정할 수 있는
사람은 더더욱 적었을 것이다. 그럼에도 불구하고, 두 이야기에는
공통점이 있다. 가족의 도움 없이는 생활할 수 없는 치매 노인의
죽음을 다루었다는 점이다. 바로 이 지점에서 1980년대 일본의,
겉보기에 이상적으로 보이는 어느 가족에게 닥친 불행이 2023년
현재 시의성을 가질 수 있는 것이다.

『돌봄살인』은 모리모토 가족의 수많은 '말'로 구성되어 있다.
요시오의 변명, 리츠코의 고통, 다카오의 무관심, 료사쿠의
체념. 하지만 돌봄을 받는 당사자 다츠의 '말'만은 은폐되어
있다. 가족들은 저마다의 말로 그녀를 묘사한다. 그녀는 들풀을
좋아하는 소박하고 선량한 시골 출신의 여성이었고, 평생
외도를 하고 자신에게 폭력을 행사한 남편을 증오해 마지않는
아내이기도 했다. 병상에 누워 마지못해 문병 온 손주에게
꼬깃꼬깃 접은 용돈을 고이 쥐여 주는 다정한 할머니이고, 젊은

시절로 돌아가 물거울로 죽은 자들과 이야기하는 광인이었으며,
아들을 사랑하는 동시에 그 아들에게 살인을 종용하는 치매
환자이자 가장 기본적인 자기 몸의 통제권조차 잃어버린 비참한
늙은이였다. 하지만 그녀의 목소리는 아무리 귀를 기울여도
좀처럼 들려오지 않는다.

요시오는 부모가 스스로 혹은 아내의 손을 통해 죽어 주기를
바라고, 리츠코는 병적인 공감 속에서 자신의 손으로 시어머니를
편안하게 해 주기를 꿈꾸며, 다카오는 골칫덩어리 조부모를
내다 버리고 싶어한다. 다츠가 어떤 사람이었는지, 어떤 삶을
살았는지, 무엇을 원했는지는 그들 중 누구에게도 중요하지
않다. 그리고 『돌봄살인』은 다츠의 죽음에서 출발하여 그 가족의
음습하고 비열한 살의를 담담하게, 차분하게, 고통스럽게
고백한다. 어째서 죽일 수밖에 없었는지. 자신의 시모를,
어머니를, 아내를 돌보는 것이 고통스러웠을 뿐만 아니라
다츠 당신에게도 얼마나 비참한 일이었는지. 그리고 그 가족
중에서 죽음의 책임을 진 사람에게 『돌봄살인』의 일본 사회는
심판이 아니라 공감과 위로를 보여 준다. 말하자면 『돌봄살인』
전체가 하나의 '고백'인 셈이다. 우리는 가족의 '늙음'과 그에
동반되는 '돌봄'을 견딜 수 없으며, 그 끝이 살인의 형태가 아니라
'안락사'가 되기를 바란다고. 스스로의 살의와 죄책감의 무게조차
견딜 수 없기 때문에.

여기서 우리는 돌봄에 관한 이중적인 태도와 사회 조건의
필연적인 변화를 향한 작가의 날카로운 통찰력을 엿볼 수 있다.
에바 페더 키테이는 돌봄을 '사랑의 노동'이라고 부르고 그 속에
존재하는 불평등을 지적했다. 어린 자식을 돌보는 어머니의
애정 어린 돌봄은 돈으로 구입할 수 없는 노동이지만, 동시에
개인적이고 가정적인 노동이기에 이를 대체하는 돌봄 노동은
오히려 사회적으로 낮게 평가받는다. 고령자를 돌보는 돌봄 노동
역시 그러하다.

때문에 일본 사회는 오랫동안 집에서 가족이 고령자를 돌보는
'재택 개호(돌봄)'를 이상적인 돌봄의 형태로 여겼다. 핵가족에서
이 돌봄을 담당한 것은 가정주부였다. 그러나 고도경제성장기가
끝나고 긴 불경기가 시작되었다. 평균 수명이 늘어나고 출생률은
저하했으며, 고령자의 돌봄 노동은 본격적으로 사회 복지의
영역에 포함되기 시작했다. 이는 가정주부의 무급 노동이었던
돌봄 노동이 사회적 비용으로 계산됨을 의미했다. 많은 개선이
이루어진 지금도 요양 보호사의 평균 연봉은 약 362만 엔(약
3600만 원)이며, 세후 월급은 약 18만에서 20만 엔(약 160만
원에서 180만 원)이다. 일본에서 요양 보호사가 늘 일손이 부족한
업계라는 것은 비밀이 아니다. 이런 흐름 속에서 장수는 이제
축복이 아니라 불안과 고독을 의미하게 되었다. 1980년대의
일본 사회에서 '안락사'라는 용어는 대중의 강한 반대에
부딪쳤고, 이를 회피하기 위해 일본안락사협회는 '존엄사'로

용어를 바꾸었다. 그러나 지금의 일본 사회에서 다시 '존엄사'를
'안락사'로 바꾼다고 해도 큰 거부감을 드러내는 사람은 적을
것이다. 돌봄의 부담 이전에 늙음 그 자체가 광범위한 혐오의
대상이 되었기 때문이다.

사실 돌봄이라는 관점에서 보자면 『돌봄살인』의 다츠는 운이
좋은 사람이다. 고도경제성장기 일본 사회의 중산층 가정에서
경제적 어려움 없이 며느리의 헌신적인 돌봄을 받으며 가족과
함께 생활하고 있다. 그러나 『돌봄살인』의 독자가 다츠의 행운에
주목하기는 어렵다. 요시오와 리츠코가 목격하는 료사쿠와
다츠의 늙음을 함께 바라보기 때문이다. 허물어진 폐허 위에
간신히 남아 있는 찌꺼기와 같은 인격, 생리적인 혐오감을
자극하는 주름진 살갗과 제어를 잃어 끊임없이 떨리는 목, 침,
배설물을 보기 때문이다. 작가가 『돌봄살인』과 『황락』에서
독자에게 보여 주는 돌봄은 결코 '사랑의 노동'이 아니다. 그는
타인에게 매달리지 않으면 존재할 수 없는 무력함, 스스로 생리
현상을 조절할 수 없는 비참함, 그런 자신을 인식조차 할 수
없는 공포를 먼저 보여 준다. 그리고 그 해결책으로서 죽음을
제시하는 것이다. 그것만이 모든 비참함과 수치, 불안정과 공포를
지워 버릴 수 있는 단순하고 유일한 해결책이라는 듯이.

모든 인간은 늙는다. 그 끝에 당도하는 것은 죽음이다. 죽음은
존재의 상실이라는 궁극적인 공포이다. 그러나 『돌봄살인』은

죽음의 공포를 압도하는 비참한 노년의 삶을 전시한다. 그리고
죽음을 통해 이를 거부해야 한다고 이야기하는 것이다. 이는
분명 모순이지만, 이미 우리 자신에게 익숙한 모순이다. 우리가
『돌봄살인』에서 지켜보는 것은 다츠의 늙음이 아니라 우리의
늙음이기 때문이다. 우리가 상상하는 것은 다츠의 고통이 아니라
우리의 고통, 우리의 비참함, 우리의 공포인 것이다.

'어떻게 죽을 것인가.'라는 명제는 결국 '어떻게 살 것인가.'라는
명제이다. '안락'하고 '존엄'한 죽음 너머를 생각해 본다. 비참한
삶을 끝냈음을 안도할 '자신'이 이미 존재하지 않는 종료의
공백을. 1980년대, 아직 고도경제성장기를 구가하고 있던 일본
사회에서 홀로 비참한 노년의 삶과 안락사의 매혹에 사로잡힌
작가의 경험을.

그리고 고개를 돌려 이제 자신의 삶을 기꺼이 안락사로 끝낼
것이라고 자조를 섞어 이야기하는 젊은이들과 노년 인구의 증가,
출생률의 저하, 증가하는 사회적 부담을 끝없이 반복하는 뉴스를
듣는 노인들로 가득 찬 한국 사회를 보면 '개똥밭에 굴러도
이승이 좋다'라는 속담은 이미 생명력을 잃은 것처럼 보인다.

노인문학을 연구하면서 한국과 일본의 노인문학 작품을 많이
읽어 왔다. 2020년에는 비혼 장녀들의 돌봄 부담과 노후에 관한
불안을 소재로 한 시노다 세츠코의 소설집『장녀들』을 한국에

번역 소개한 바 있다. 그럼에도 『돌봄살인』의 번역 작업은 결코
수월하지 않았다. 돌이켜 보면, 『장녀들』과 달리 모리모토 가족은
누구에게도 이입하기가 쉽지 않으면서도 동시에 이해할 수 있는
부분이 있었기 때문인지도 모른다. 모리모토 다츠라는
한 노년 여성의 죽음에 관한 미스터리 소설의 형식인 탓에
기나긴 진술서를 번역하는 느낌이 들기도 했다. 이상적인
가족으로 보이는 겉모습과 달리 가족 모두에게 살인 동기가
있었다. 그 이유를 세세하게 들여다보고 있노라면, 흡사
현미경으로 꿈틀거리는 곤충을 샅샅이 살펴보고 있는 것만 같은
수치심과 혐오감을 느꼈다. 다카오와 나오코의 외면과 회피,
요시오의 비겁함과 리츠코의 비정상적인 몰입, 노년의 추함과
이기심, 그리고 기묘한 의연함이 뒤섞인 다츠와 료사쿠의 모습.
자신들의 적나라한 욕망과 갈등에는 눈을 감은 채 애써 여유로운
중산층의 삶을 살아가는 이 가족의 소극적인 태도가 우리 자신의
삶에서 아주 동떨어진 것이 아니기 때문인지도 모른다. 그중에는
아들들의 전사를 높이 평가하는 료사쿠의 낡은 가치관 역시
포함될 것이다. 현재의 한국 독자에게는 이것 역시 '일본'의
이해하기 어려운 일부분이겠으나, 감추기보다는 드러내고
직시해야 한다고 여겼다. 역사의 기억 역시 '늙음'의 일부분이기
때문이다.

그럼에도 불구하고, 『돌봄살인』이 그리고 있는 노년의 풍경은 한
가족의 비극이나 일본만의 특수한 현상이 아니라 한국 사회가

맞이하고 있는 현실의 일부이다. 실제로 2022년 6월, 한국에서는
말기 환자가 치사량의 약품을 복용해 자살할 수 있게 허용하는
'조력존엄사' 법안이 발의되었다. 그리고 점점 더 많은 사람들이
거리낌 없이, 너무 쉽게 '안락사'를 이야기한다. 이 소설이 점차
안락사가 현실로 다가오고 있는 지금의 한국 사회에서 대중이
직시해야 할 현실을 예리하게 제시하고 있다고 믿는다.

마지막까지 정성을 다해 주신 이음 출판사 주일우 대표님과
이유나 편집자님을 비롯한 편집부에 깊은 감사를 전한다.

돌봄살인

지은이	사에 슈이치	처음 펴낸 날
옮긴이	안지나	2023년 11월 15일

펴낸이   주일우
편집   이유나
디자인   PL13

펴낸곳   이음
출판등록   제2005-000137호 (2005년 6월 27일)
주소   서울시 마포구 월드컵북로1길 52, 운복빌딩 3층
전화   02-3141-6126
팩스   02-6455-4207

전자우편
editor@eumbooks.com
홈페이지
www.eumbooks.com
인스타그램
@eum_books

ISBN 979-11-90944-89-2 03830
값 17,000원